7/B TC

Des

I0669780

Una vida nueva

OLIVIA GATES

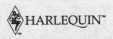
HARLEQUIN™

Editado por HARLEQUIN IBÉRICA, S.A.
Núñez de Balboa, 56
28001 Madrid

I.S.B.N.: 978-84-671-8635-2
Depósito legal: B-20415-2010
Editor responsable: Luis Pugni
Preimpresión y fotomecánica: M.T. Color & Diseño, S.L.
C/ Colquide, 6 portal 2 - 3º H. 28230 Las Rozas (Madrid)
Impresión y encuadernación: LITOGRAFÍA ROSÉS, S.A.
C/ Energía, 11. 08850 Gavá (Barcelona)
Fecha impresion para Argentina: 3.1.11
Distribuidor exclusivo para España: LOGISTA
Distribuidor para México: CODIPLYRSA
Distribuidores para Argentina: interior, BERTRAN, S.A.C. Vélez
Sársfield, 1950. Cap. Fed./ Buenos Aires y Gran Buenos Aires,
VACCARO SÁNCHEZ y Cía, S.A.
Distribuidor para Chile: DISTRIBUIDORA ALFA, S.A.

Capítulo Uno

Abrió los ojos a otro mundo. Era un mundo lleno de oscuridad, como un canal de televisión transmitiendo con interferencias. Pero no le importó.

En aquel mundo, había un ángel cuidándola.

Y no era un simple ángel, sino un arcángel. Los arcángeles eran la personificación de la belleza y del poder, esculpidos en piedra y bronce, con una masculinidad sin adulterar.

Su imagen flotaba en una mezcla de luces y sombras, haciéndola dudar de si aquello sería un sueño, una alucinación o algo peor.

Probablemente peor, a pesar de la presencia del ángel. O quizá por ello. Los ángeles no cuidaban de nadie que no estuviera en algún serio aprieto, ¿no?

Sería una lástima si al final resultaba ser el ángel de la muerte. ¿Para qué ser tan guapo si era un exterminador de vidas? Parecía muy capacitado, aunque aquel exceso, en su opinión, estaba fuera de lugar. Quizá su gran encanto estaba diseñado para hacer que sus víctimas estuvieran dispuestas a ir donde las llevara.

Ella estaría más que dispuesta, si pudiera moverse. Pero no podía. La gravedad la aplastaba, hundía su espalda en algo que de repente parecía un lecho de espinas. Cada célula de su cuerpo empezó a retorcerse y cada nervio a transmitir impulsos. Pero las células no tenían conexión unas con otras y los nervios eran incapaces de llevar a cabo un simple movimiento. La angustia la invadió al oír ruido a su alrededor.

Un rostro masculino se acercó, haciendo que el vértigo se detuviera.

Su estado de confusión remitió. No tenía que luchar contra la fuerza de la gravedad ni temer la parálisis. Allí estaba él. Él se ocuparía de todo. No tenía ni idea de por qué, pero estaba segura de que así sería. Lo conocía, aunque no sabía quién era. Algo en su interior le decía que estaba a salvo y que todo saldría bien porque él estaba allí.

Si al menos pudiera moverse…

No debería sentirse tan inerte al despertar. Pero, ¿acaso estaba despertando o seguía soñando? Eso explicaría la falta de conexión entre su cerebro y su cuerpo, y la presencia del ángel, que sabía que era real. Ella no era tan imaginativa como para habérselo inventado.

Había algo más que sabía: aquel hombre era importante y para ella, vital.

—¿Cybele?

¿Era ésa su voz? Combinaba bien con la magnificencia de su rostro.

—¿Puedes oírme?

Claro que podía. No sólo oía su voz, sino que sentía cómo se expandía por su piel y cómo sus poros la absorbían. La penetraba con toda su sonoridad y, con cada inflexión, despertaba un músculo inerte, reviviéndola.

—Cybele, si puedes oírme, si esta vez estás despierta, contéstame por favor.

Hablaba inglés con un ligero acento, con la sensual cadencia de una lengua latina.

Quería contestarle, quería que siguiera hablando.

Cada sílaba que salía de aquella obra de arte que eran sus labios parecía transportarla a un estado de tranquilidad.

Su rostro apareció en su campo de visión. Podía distinguir cada veta dorada del iris verde de sus ojos. Deseaba hundir los dedos en su cabello negro, tomar su cabeza y atraerlo para estudiar minuciosamente cada mechón. Quería acariciar cada surco de su cara y llegar a cada rincón de su personalidad.

Aquél era un rostro que irradiaba ansiedad, responsabilidad y distinción. Deseaba poder aliviar lo primero, aligerar lo segundo y disfrutar de lo último. Quería tener aquellos labios junto a los suyos y sentir la lengua que envolvía aquellas palabras con las que tanta magia producía.

Sabía que no debía sentir aquel tipo de cosas, que su cuerpo no estaba en condiciones de soportar sus deseos. Su cuerpo lo sabía, pero no era consciente de su incapacidad. Necesitaba tenerlo cerca, sentir aquella masculinidad y fuerza, aquella ternura y protección.

Ansiaba tener a aquel hombre. Siempre lo había ansiado.

–Cybele, por Dios, di algo.

Fue aquella fuerza en su voz lo que la sacó de su hipnosis, obligándola a tensar sus cuerdas vocales y a empujar aire desde sus pulmones para emitir el sonido que él tanto reclamaba.

–Pue.. puedo oírte.

Por el modo en que él inclinó la cabeza hacia su boca, era evidente que no estaba seguro de si había oído algo, de si había escuchado alguna palabra, o si tan sólo se lo había imaginado.

Ella volvió a intentarlo.

–Estoy des… despierta. Creo y es… espero que seas real…

No podía decir nada más. Le ardía la garganta. Trató de toser y sintió como si tuviera astillas al rojo vivo en su laringe. Unas lágrimas surgieron de sus ojos.

–¡Cybele!

Y enseguida se acercó a ella. La levantó y la meció entre sus brazos, transmitiéndole calor a sus temblorosos y helados huesos. Ella se hundió en él, rindiéndose aliviada.

–No intentes seguir hablando. Has estado intubada muchas horas durante la operación y tu laringe debe de estar dolorida.

Algo frío rozó sus labios y después sintió algo cálido y húmedo. No eran ni sus labios ni su lengua, sino un vaso con líquido. Instintivamente separó los labios y bebió.

Al ver que no podía tragar, él la ayudó a inclinar la cabeza.

–Es una infusión de anís y salvia. Suavizará tu garganta.

Había previsto aquella molestia y tenía preparado un remedio. Se tomaría cualquier cosa que le diera. Eso si pudiera hacerlo sin sentir clavos en la garganta. Pero quería que se lo bebiera. Tenía que hacer lo que le mandara.

Ella tragó y cerró los ojos al sentir dolor. El líquido se deslizó por su garganta, provocándole nuevas lágrimas. El escozor persistió bajo el sabor y la temperatura. Gimió aliviada, sintiéndose más relajada con cada muestra de ternura. Él no dejó de acariciarle la mejilla mientras vaciaba el contenido del vaso.

–¿Estás mejor ahora?

La preocupación en su voz y en su mirada la sobrecogió. Se estremeció al sentir que una inmensa sensación de gratitud la embargaba. Trató de responderle, pero esta vez fue la emoción lo que le provocó un nudo en la garganta.

Tenía que expresarle su gratitud.

Su rostro estaba cerca, compungido por la preocupación. Era más impresionante de cerca, una muestra de perfección que reflejaba su personalidad. Pero se le veía demacrado con los ojos enrojecidos, la tensión en la mandíbula y la barba incipiente de varios días. La necesidad de absorber sus inquietudes y preocupaciones creció rápidamente en ella.

Giró la cabeza y hundió los labios en su mejilla. El pelo de su barba, la textura de su tez, su sabor y su olor penetraron en su piel, invadiendo sus sentidos. Una ráfaga de frescura y virilidad se apoderó de ella, llenando sus pulmones. Su aliento era agitado y entrecortado.

Abrió los labios para obtener más, mientras él se daba la vuelta para mirarla. Sus labios rozaron los de ella.

Aquello era lo que necesitaba, aquella intimidad con él. ¿Sería algo que siempre había tenido y que había perdido? ¿Algo que nunca había tenido y que llevaba tiempo deseando?

No importaba. Ahora lo tenía.

Dirigió los labios hacia los de él. Una corriente de sensualidad y dulzura la recorrió al sentir su piel junto a la suya.

De pronto, sus labios se quedaron fríos y desamparados y se dejó caer en la cama. ¿Adónde se había ido? ¿Había sido una alucinación? ¿Un efecto secundario del coma?

Sus ojos volvieron a llenarse de lágrimas. Ladeó su

confusa cabeza, buscándolo, y se quedó asustada al encontrar tan sólo un vacío.

Aparte del vacío, reparó por vez primera en lo que le rodeaba. Estaba en la habitación de hospital más lujosa y espaciosa que jamás había visto. Pero si no estaba allí...

Su mirada y sus pensamientos se detuvieron bruscamente.

Él *estaba* allí, de pie donde había estado la primera vez que había abierto los ojos. Pero en esta ocasión su imagen estada distorsionada y había pasado de ser un ángel a un dios iracundo e inalcanzable que la miraba con desaprobación. Parpadeó varias veces mientras los lentos latidos de su corazón adquirían un ritmo frenético.

Era inútil. El rostro de él permaneció inalterable. En vez del ángel que había pensado que haría cualquier cosa por protegerla, aquél era el rostro de un hombre que se había hecho a un lado y que se estaba limitando a contemplarla mientras se ahogaba.

Se quedó mirándolo fijamente, sintiendo algo tan familiar como si de una segunda piel se tratara: desánimo.

Había sido un sueño. Fuera lo que fuese lo que había creído ver en su cara, todo debía ser fruto de su desorientación.

—Está claro que puedes mover la cabeza. ¿Puedes mover algo más? Parpadea si te resulta más cómodo que hablar. Dos veces para decir que sí y una para decir que no.

Sus ojos volvieron a llenarse de lágrimas y parpadeó repetidamente. Desde lo más profundo de su ser, se oyó el rugido de sus tripas. Debía deberse a su frustración por ser incapaz de cumplir una orden tan sencilla como aquélla.

8

Pero no podía evitarlo. Ahora se empezaba a dar cuenta del tipo de preguntas que le estaba haciendo. Eran las que solían hacerse a alguien que había perdido la consciencia, algo que estaba segura que le había ocurrido a ella. Había recuperado la consciencia, luego las funciones sensoriales y motrices y, por último, había sentido dolor. Detrás de aquellas preguntas, ya no había un interés personal, tan sólo un interés médico.

–¡Cybele! No cierres los ojos y préstame atención.

La urgencia en su voz la sobresaltó y la obligó a obedecerlo.

–No puedo…

Él parecía haberse hecho más grande. Su rostro reflejaba frustración. Luego, suspiró.

–Contesta a mis preguntas y luego te dejaré descansar.

–Me siento aturdida, pero…

Se esforzó y envió órdenes a sus pies. Los dedos se movieron. Eso quería decir que todo lo que había entre ellos y su cerebro funcionaba correctamente.

–Parece que… que las funciones motrices están… intactas. Del dolor… no estoy segura. Me duele… como si me hubiera caído encima una… una pared de ladrillos. Pero no parece que sea un dolor que indique que haya daños…

Al decir aquella última palabra, todos los dolores se concentraron en una parte de su cuerpo: el brazo izquierdo. En segundos, atravesó el umbral del dolor soportable y se convirtió en una agonía.

–Mi brazo…

Habría jurado que no se había movido de donde estaba, pero de nuevo lo encontró junto a ella, como por arte de magia, y sintió un gran alivio a pesar de las punzadas de dolor.

Gimió al darse cuenta de lo que había hecho. Tenía una vía intravenosa en su brazo derecho. Le había inyectado en el suero una medicina, algún analgésico de efecto inmediato, y había incrementado el ritmo del goteo.

–¿Todavía te duele? –preguntó y ella sacudió la cabeza–. Por ahora, va todo bien. Volveré luego –dijo y empezó a retirarse.

–No.

Su mano buena se movió por decisión propia, llevada por el temor de que desapareciera y que no volviera a verlo nunca. La desesperación ante la posibilidad de perderlo, le había hecho reaccionar instintivamente. ¿O acaso se debía a la resignación de que ya lo había perdido?

Su mano se aferró a la de él, como si con el contacto pudiera leerle la mente para reanimar la suya y recordar lo que él había sido para ella.

Él evitó su mirada y bajó la vista hacia la mano que sujetaba la suya.

–Tus reflejos, tu fuerza motriz y tu coordinación parecen haber vuelto a la normalidad. Es una buena señal y significa que te estás recuperando mejor de lo que esperaba.

Por el modo en que había dicho aquello, imaginó que sus expectativas se enmarcaban en el más puro pesimismo.

–Eso… debería ser un… un alivio.

–¿Debería ser? ¿No te alegras de estar bien?

–Supongo que sí. Pero… no me encuentro del todo bien.

Lo único que podía hacerla sentir mejor era él. Pero él parecía estar a kilómetros de allí.

–¿Qué… qué es lo que me ha pasado? –añadió.

La mano que había bajo la suya se agitó.

–¿No lo recuerdas?

–Todo es… confuso.

Su mirada se quedó perdida durante unos segundos interminables. Luego, lentamente volvió a fijarse en ella como si fuera un aparato de rayos X tratando de descifrar su estado.

–Probablemente estás sufriendo amnesia postraumática. Es habitual olvidarse de episodios traumáticos.

Había hablado como un médico. Todo lo que había dicho o hecho hasta el momento lo distinguían como tal.

¿Era eso lo que era para ella? ¿Su médico? ¿De eso la conocía? ¿Había sido su médico antes del episodio traumático y había estado enamorada de él? Quizá se había quedado fascinada y se había vuelto dependiente de él en sus idas y venidas de la inconsciencia. ¿Había besado a aquel hombre que estaba allí sólo por su valía profesional? Un hombre que, por lo que sabía, podía tener una relación e incluso estar casado y con hijos.

El dolor de todas aquellas suposiciones se le hizo insoportable. Tenía que conocer las respuestas.

–¿Quién eres?

La mano que tenía bajo la suya se quedó rígida.

–¿No me conoces?

–Sé que debería…, pero no pue… no puedo recordar.

Cerró los ojos. Acababa de besarlo y le estaba diciendo que no tenía ni idea de quién era. Se hizo un largo silencio antes de que él hablara.

–¿Me has olvidado?

Lo miró y sacudió la cabeza, como si aquel movi-

11

miento fuera a ayudarla a poner algo de orden en su cabeza.

–Puede que incluso haya olvidado cómo hablar. Tengo la… extraña sensación de que la habilidad para hablar es… es lo último que se pierde incluso en casos de… pérdida de memoria. Creo que decir que… no me acuerdo de ti es… es lo mismo que decir que se me ha olvidado quién eres.

Él se quedó mirándola y ella pensó que no iba a hablarle nunca más. Luego, suspiró y se pasó la mano por su abundante cabello.

–Es a mí al que le cuesta articular las palabras. Tu habilidad para hablar está en perfectas condiciones. De hecho, nunca te había oído hablar tanto de corrido.

–Querrás decir… de manera tan entrecortada.

Él asintió, dándose cuenta de su dificultad. Luego, sacudió la cabeza.

–Solías usar frases de una palabra.

–Así que… me conoces. Y parece que muy bien.

Él frunció las cejas.

–Yo diría que lo que sé de ti no es mucho –dijo él.

–Yo diría que sí.

Se hizo otro silencio interminable. Luego, otro murmullo salió de él, sacudiendo cada neurona de su sistema nervioso.

–Lo único que sabemos con certeza es que has perdido la memoria, Cybele.

Sabía que debía sentirse alarmada por su veredicto, pero no lo estaba.

–Me… me gusta cómo dices… mi nombre.

Y si antes le había parecido que se había quedado de piedra, aquello no fue nada comparado con la rigidez que se apoderó de él en aquel momento. Era como si al apretar un botón de pausa, el tiempo y el espacio se hubieran congelado.

Entonces, con un movimiento controlado, como si temiera hacerle daño, él se sentó en la cama junto a ella. Su peso hundió el colchón, haciendo que se inclinara ligeramente hacia él. Sus muslos se rozaban a pesar de estar separados por las sábanas que la cubrían y del pantalón que él llevaba. A pesar de todos los dolores que tenía, algo se agitaba en el interior de su cuerpo.

Si apenas era capaz de moverse, ¿cómo podía provocarle aquella respuesta en cada una de sus exhaustas células? ¿Qué le haría si estuviera en mejores condiciones? ¿Qué le había hecho? Porque estaba convencida de que aquella reacción hacia él no era nueva.

—Así que no recuerdas quién soy.

—No logras comprender… mis palabras, ¿verdad? —dijo ella y curvó los labios.

No había nada gracioso en aquella situación. Sabía que cuando se calmara, estaría horrorizada por la pérdida de su memoria y por el daño neurológico que eso podía significar.

Pero de momento le resultaba divertido que aquel hombre, al que no necesitaba recordar para darse cuenta de su fuerza y dinamismo, estuviera tan sorprendido.

Eso suponía que se preocupaba por lo que le había pasado, ¿no? Podía recrearse en aquella idea, aunque luego más tarde se diera cuenta de que era una falsa ilusión.

—Pensé que… estaba claro a lo que me refería. Al menos,… a mí me parecía que estaba… claro. No sólo he olvidado… quién eres, sino que no tengo ni idea de… de quién soy.

Capítulo Dos

Rodrigo ajustó el goteo sin mirar a Cybele, su fruta prohibida, su máxima tentación.

Era la mujer cuya existencia había sido para él como un ácido corrosivo corriendo por sus venas. La mujer por la que habría dado cualquier cosa por despertarse un día habiéndola olvidado. Pero era ella la que se había despertado sin ningún recuerdo de él.

Hacía dos días que le había soltado la bomba y todavía estaba sobreponiéndose del impacto. Le había dicho que no recordaba nada de aquella existencia que constituía la pesadilla de la suya.

No debería haberse preocupado más de lo que lo hacía por sus otros pacientes. Según decían, era un médico entregado, que no se limitaba a cumplir su obligación. No debería haber descuidado todo por permanecer a su lado, por encargarse de todo cuando podía haber delegado su cuidado a profesionales altamente cualificados a los que había elegido y entrenado y a los que pagaba buenos sueldos para que continuaran desempeñando el extraordinario trabajo que hacían.

Pero lo había hecho. Durante los tres días interminables desde la operación hasta que se había despertado, cada vez que había intentado dedicarse a otras tareas, no había podido hacerlo. Ella había estado en peligro y no había podido separarse de su lado.

14

Su cuerpo inerte y sus ojos cerrados habían sido su máxima preocupación. El deseo de conseguir que se moviera, de que volviera a mirarlo con aquella profunda mirada azul que tanto lo había atraído desde el principio, había sido lo que lo había motivado.

De vez en cuando los había abierto, pero sin mirar ni comprender ni dar ninguna señal de la mujer que había invadido y ocupado sus sueños desde que pusiera los ojos en ella.

Aun así, había rezado para que, si nunca regresaba, su cuerpo siguiera funcionando, que siguiera abriendo los ojos aunque tan sólo fuera como un movimiento mecánico.

Dos días atrás, había despertado y el vacío había sido reemplazado por un velo de confusión. El corazón había estado a punto de salírsele del pecho cuando la coherencia había asomado a sus ojos. Luego lo había mirado y había habido más. Su frialdad y desdén había sido sustituido por una calidez que debería haberle dado una primera pista. Aquel beso lo había sacudido hasta lo más hondo.

La Cybele Wilkinson que conocía, y que había sido su castigo, nunca lo habría mirado ni acariciado de aquella manera si hubiera estado en su sano juicio, si hubiera sabido quién era él.

Pero ni siquiera recordaba quién era ella. La falta de recuerdos había dejado lagunas en su mente. Eso significaba que podían dejar de ser enemigos.

—Veo que sigues sin hablarme.

Su voz se había convertido en una caricia y la miró en contra de su voluntad.

—He hablado contigo cada vez que he venido.

—Sí, dos frases cada dos horas en los últimos dos

días –comentó ella divertida–. Parece parte del tratamiento. Aunque esa escasez contrasta con tus constantes visitas.

No era necesario que fueran tan frecuentes y podía haberlas evitado delegando en las enfermeras.
Pero no había dejado que nadie se acercara a ella.

Él volvió a apartar los ojos, simulando leer el informe.

–Te he dado tiempo para descansar, para que tu garganta mejorara y para que te recuperaras de tu amnesia.

Ella se agitó, obligándolo a mirarla.

–Mi garganta está bien desde ayer. Parece increíble
lo que cierta comida puede conseguir. Además, he decidido no pensar en mi amnesia. Sé que debería estar
preocupada, pero no lo estoy. Quizá sea un efecto secundario de las heridas y me afecte más adelante, cuando empiece a recuperarme. Aunque quizá inconscientemente, me siento aliviada de no recordar nada.

–¿Por qué no ibas a querer recordar? –preguntó
en un extraño tono de voz, llevado por la rabia hacia
ella, hacia sí mismo y hacia todo el maldito universo.

Sus labios se curvaron.

–Si lo hubiera sabido, no habría sido un deseo del
subconsciente. ¿Sigue sin tener sentido lo que estoy diciendo?

Él apartó la vista de sus labios y la fijó en sus ojos
antes de aclararse la voz.

–No, es sólo que me está costando asimilar el hecho
de que hayas sufrido una pérdida total de memoria.

–Y sin recuerdos, mi imaginación no deja de in-
ventar toda clase de explicaciones estrafalarias de por
qué no tengo prisa por recuperar mis recuerdos. Al

menos, yo las tengo por estrafalarias, aunque quizá formen parte de la verdad.

–¿Y qué teorías son ésas?

–Que era una conocida delincuente o espía, alguien con un pasado oscuro y peligroso que necesitaba desesperadamente una segunda oportunidad para empezar de cero. Y ahora que se me ha dado la oportunidad, prefiero no recordar el pasado y menos aún mi identidad.

Ella trató de sentarse y gruñó al sentir dolor por todo el cuerpo. Él intentó contenerse, pero no pudo y enseguida se acercó presto a auxiliarla. Trató de no reparar en la sensual calidez de su piel al ayudarla a incorporarse y ajustó la inclinación de la cama. Luego ignoró su mirada de gratitud, la confianza y buena disposición que mostraba cada centímetro de su piel. Al percibir su olor, protestó para sí y sintió que su temperatura ascendía. Apretó la mandíbula mientras se aseguraba de que la vía intravenosa estuviera bien puesta, así como las demás ventosas que monitorizaban sus constantes vitales.

Justo cuando estaba haciendo esas comprobaciones, ella lo tomó de las manos en un acto reflejo. Él se apartó como si lo hiciera de una fiera atrapada.

Cybele lo miró con sus ojos azules, en una mezcla de confusión y dolor ante su reacción. Él dio otro paso atrás antes de sucumbir a la necesidad de borrar aquella expresión alicaída.

–Así que eres médico, ¿verdad? ¿Tal vez cirujano? –preguntó ella, bajando la mirada.

Por una vez se sintió aliviado por sus preguntas.

–Neurocirujano.

Ella volvió a mirarlo.

17

–Y por los términos médicos que dan vueltas en mi cabeza y del conocimiento que tengo de lo que son estas máquinas y de para lo que sirven, creo que yo también soy una profesional de la medicina, ¿verdad?

–Eres residente de cirugía traumatológica reconstructiva.

–Eso echa por tierra mi teoría sobre ser una delincuente o una espía. Pero quizá estaba en alguna clase de aprieto y eso fue lo que hizo que terminara aquí. ¿Alguna demanda por mala práctica? ¿Algún error que acabó con la vida de alguien?

–Nunca sospeché que tuvieras una imaginación tan fructífera.

–Sólo trato de averiguar por qué me siento tan aliviada de no recordar nada. ¿Acaso estaba escapando para volver a empezar en algún sitio donde nadie me conociera? Vine aquí y… Por cierto, ¿dónde es aquí?

Casi esperaba que le dijera que le estaba engañando. Pero la idea de que Cybele le estuviera gastando una broma le resultaba más inconcebible que el hecho de que hubiera perdido la memoria.

–Ésta es mi clínica privada. Está a las afueras de Barcelona.

–¿Estamos en España? –preguntó con los ojos abiertos como platos–. Olvida la pregunta. Por lo que recuerdo, no hay una Barcelona en ningún otro sitio.

Él sintió que el corazón se le desbocaba. A pesar de que tenía los ojos hinchados y la cara amoratada, seguía siendo la mujer más bonita que jamás había visto.

–No, que yo sepa, no.

–Creo que soy americana.

–Eres americana.

–¿Y tú eres español?

–Sí, catalán. Cataluña es una de las diecisiete comunidades autónomas que conforman España y cuenta con autonomía para gobernarse a sí misma.

–Fascinante, algo así como una federación de estados, como los Estados Unidos.

–Hay algunos parecidos, pero es un sistema diferente. Las autoridades gubernativas son responsables de la educación, la salud, los servicios sociales, la cultura, el desarrollo urbano y rural e incluso, cuenta con su propia policía. Pero a diferencia de los Estados Unidos, el gobierno de España está descentralizado.

No sabía por qué le estaba contando todo aquello.

Ella se mordió el labio inferior, que era de un intenso color rosa. Rodrigo sintió un hormigueo en su boca al recordar aquellos labios junto a los suyos, cálidos y húmedos.

–Sabía algo de eso, pero no lo tenía tan claro como me lo has contado.

–Disculpa la lección. Mi interés por las diferencias viene de la circunstancia de tener ambas nacionalidades.

–¿Adquiriste la nacionalidad americana?

–Lo cierto es que nací en los Estados Unidos y adquirí la nacionalidad española después de obtener el título de Medicina. Es una larga historia.

–Pero tienes acento.

Él parpadeó por lo que implicaban sus palabras, algo que nunca había considerado.

–Pasé mis primeros ocho años en una comunidad hispano parlante en Estados Unidos y aprendí inglés a partir de esa edad. Pero tenía la impresión de que había perdido completamente el acento.

–No, no es así. Y espero que nunca lo pierdas. Me gusta.

Rodrigo sintió que todo su interior se estremeció. ¿Qué estaba pasando? ¿Cómo la pérdida de memoria había hecho que cambiara tanto su carácter y actitud? ¿Era una señal de que se había producido el daño neurológico que tanto temía? ¿O era ésa su verdadera forma de ser, su reacción hacia él si los hechos no hubieran estropeado tanto las cosas?

–¿Cómo te llamas? ¿Y cómo me llamo yo, además de Cybele?

–Eres Cybele Wilkinson. Yo soy Rodrigo.

–¿Rodrigo a secas?

Ella solía llamarlo doctor Valderrama y en situaciones informales evitaba dirigirse a él de una forma en concreto.

En aquel momento, ella se acomodó en la almohada y dejó que su nombre se derritiera en su lengua como si fuera una pastilla de chocolate denso.

Rodrigo sintió que aquel susurro invadía su cuerpo, como una caricia rozando su dolorosa rigidez. Era increíble que le estuviera provocando aquella reacción. Rápidamente, se concentró en la respuesta.

–Rodrigo Edmundo Arrellano Bazán Valderrama i de Urquiza.

Sus ojos se fueron abriendo más y más al escuchar cada uno de sus apellidos. Luego, contuvo una risita.

–¡Vaya!

–Es parte de mi nombre –dijo él sonriendo–. Podría recitar al menos cuarenta apellidos más. Los catalanes, y en general los españoles, se toman muy en serio los orígenes familiares. Dado que mantenemos el apellido paterno y materno, no es difícil hacer una lista tan larga.

–¿Y tengo yo alguno más aparte de Wilkinson?

–Lo único que sé es que tu padre se llamaba Cedric.

–¿Se llamaba? ¿Acaso está muerto?

–Creo que murió cuando tenías seis o siete años.

De nuevo, pareció tener problemas para asimilar aquella información. Él cerró las manos en puños para evitar correr a su lado de nuevo.

–¿Tengo madre, algún familiar? –insistió ella.

–Tu madre volvió a casarse y tienes cuatro medio hermanos, tres chicos y una chica. Todos viven en Nueva York.

–¿Saben lo que me ha pasado?

–Ayer les informé.

No se le había ocurrido hacerlo hasta que la enfermera jefe le sugirió por séptima vez que avisara a la familia.

Se quedó a la espera de que le hiciera la siguiente pregunta lógica acerca de si estaban de camino para ocuparse de ella. Se le encogió el estómago. Iba a tener que contarle que la reacción de su familia ante su situación había sido de desinterés y había tenido que poner fin bruscamente a la llamada.

Pero su siguiente pregunta no siguió un sentido lógico, al igual que no lo había hecho el resto de la conversación.

–¿Qué es lo que me ha pasado?

Aquélla era otra pregunta que preferiría no haber tenido que contestar. Pero ahora que se la había hecho, no podía evitar responder, así que respiró hondo.

–Tuviste un accidente aéreo.

Una exclamación escapó de sus labios.

–Sabía que había sido un accidente, que no había sido atacada ni nada por el estilo. Pero pensé que habría sido un accidente de coche o algo por el estilo. ¿Un accidente aéreo? –dijo–. ¿Ha habido muchos heridos o…?

El ambiente se volvió más denso y de repente, le resultó imposible respirar. Él se giró, tratando de no correr para ponerle la máscara de oxígeno.

Realmente no recordaba nada y era él el que iba a tener que contarle todo.

–Era un avión pequeño, con plazas para cuatro personas. Esta vez sólo viajaban dos.

–¿El piloto y yo? Puede que no recuerde nada, pero estoy segura de que no sé volar un avión.

Aquello estaba empeorando por momentos. No quería contestar. No quería revivir los dos días que había tardado en despertar y que tanto dolor le había causado en el alma. Podía simular que tenía una operación y escapar así a su interrogatorio. Pero no podía escapar y dejarla sin respuestas.

–Sí, había un piloto a los mandos.

–¿Está bien, verdad?

Rodrigo apretó la mandíbula, tratando de contener el dolor que le subía por el esternón.

–Está muerto.

–Dios mío… –exclamó ella y empezó a llorar–. ¿Murió en el acto?

Ya no pudo seguir conteniéndose y cruzó la distancia que los separaba para tomar su mano entre las suyas. No sabía si decirle que así había sido. Veía en sus ojos la culpabilidad de todo superviviente. Si le decía la verdad, eso sólo serviría para entristecerla aún más.

Él siempre prefería contarles la verdad a sus pacientes. Estaba demostrado que era la mejor manera de proceder. Respiró hondo antes de contestar.

–Murió en la mesa de operaciones después de seis horas.

Durante aquellas horas Rodrigo había luchado contra la muerte, consciente de que tenía las de perder. Lo que le había vuelto loco había sido saber que mientras él luchaba en aquella batalla perdida, Cybele había estado en otro quirófano atendida por otros médicos.

La culpabilidad había podido con él. Por su experiencia sabía que debía haberse ocupado primero de ella, por tener mayores posibilidades de sobrevivir. Pero no había podido dejar que Mel se fuera sin antes luchar por él. Había sido una decisión difícil, emocional y profesionalmente. Se había vuelto loco pensando que moriría o que sufriría un daño irreversible por tomar la decisión equivocada.

Después, había perdido la batalla por la vida de Mel entre las felicitaciones de sus colegas por haberlo mantenido con vida tantas horas cuando todo el mundo lo había dado por muerto en el lugar del accidente.

Había corrido junto a ella, consciente de que mientras había intentado salvar a Mel, su estado había empeorado. El miedo a perderla había sido lo que le había dado fuerzas y no lo que todo el mundo achacaba a sus amplios conocimientos médicos y a su experiencia como cirujano.

–Por favor, cuéntame con detalle sus lesiones.

No quería decirle lo terrible que había sido todo. Pero tenía que hacerlo. Respiró hondo y se lo explicó.

–¿Cómo ocurrió el accidente? –preguntó ella entre sollozos.

Rodrigo necesitaba poner fin a aquella conversación y de nuevo, apretó la mandíbula.

–Eso es algo que sólo tú sabes. Y probablemente

sea el último recuerdo que recuperarás. El lugar del accidente y el avión están siendo investigados para descubrir los motivos. Parece que el avión no tenía ningún problema y que no hubo ninguna petición de auxilio antes de accidente.

—¿Así que el piloto perdió el control?

—Eso parece.

Cybele se quedó pensativa unos segundos.

—¿Y mis heridas?

—Ahora, sólo tienes que preocuparte de tu recuperación.

—Pero necesito conocer el historial de mis heridas, de cómo han sido tratadas y de su progreso para evaluar mi recuperación.

A regañadientes, accedió.

—En el lugar del siniestro, estabas inconsciente. Tenías algunos cortes en la cabeza y golpes por todo el cuerpo. Pero la herida más seria la presentabas en el radio y cúbito izquierdo con varias fracturas.

Ella dirigió la mirada hacia su brazo escayolado.

—¿Alguna hemorragia en la cabeza?

—Tuviste un pequeño edema cerebral, lo que te provocó la inconsciencia. Mientras te operaba, me informaron de un empeoramiento de tu estado neurológico y las pruebas evidenciaron un hematoma subdural.

—No me afeitaste el pelo para extraérmelo.

—No hizo falta. Te operé siguiendo una técnica poco invasiva que he desarrollado.

Cybele lo miró fijamente.

—¿Has desarrollado una nueva técnica quirúrgica? Disculpa que me sorprenda, pero me cuesta trabajo pensar con claridad.

Él masculló algo entre dientes. Ella lo miró sorprendida, lo que provocó que se sintiera aún más incómodo.

–Confío en no haber sido el conejillo de indias de dicha técnica –añadió divertida, arqueando una de sus bonitas y oscuras cejas.

Cybele levantó la mirada hacia Rodrigo y una sonrisa asomó en sus labios.

–Estás bien, ¿verdad? –preguntó él.

–Sí, siempre y cuando te parezca normal que alguien me tenga que contar mi propia vida.

Rodrigo frunció las cejas. Más que enfadado, se sentía mortificado, incluso dolido.

–Ha sido un chiste muy malo –añadió ella rápidamente–. Una muestra más de que no sé cuándo o cómo hacer una broma. Te debo la vida.

–No me debes nada. Es mi trabajo. Y ni siquiera lo hice bien. Soy responsable de tu estado actual. Fue un fallo mío no ocuparme antes de ti…

–Las peores heridas del piloto era neurológicas –dijo ella, cortándolo.

Le dolía ver que el sentimiento de culpabilidad lo estaba consumiendo.

–Sí, pero eso no tuvo nada que ver con mi decisión de…

–Apuesto a que eres el mejor neurocirujano del continente.

–No sé si será así, pero sí era el más cualificado en aquel momento, aunque eso no quiere decir que…

–Supone que tenías que ocuparte de él tú mismo. Mi estado inicial te hizo creer que mi caso no era tan urgente. Hiciste lo correcto. Luchaste por ese hombre como se merecía. Luego luchaste por mí y me salvaste. Y ahora estoy segura de que me recuperaré del todo.

–No tenemos manera de saberlo. Tener una pérdida completa de memoria, pero mantener las facultades para hablar y razonar, además de para retener nuevos recuerdos, es una forma muy atípica de amnesia. Quizá nunca vuelvas a recuperar del todo la memoria.

–La idea de recuperar los recuerdos me resulta angustiante. Quizá mi vida fuera tan mala que es mejor que no recuerde nada.

Él pareció quedarse sin palabras, pero al cabo de unos segundos, habló.

–No estoy en disposición de saber la respuesta a eso. Pero sé que la pérdida de memoria es un déficit neurológico y mi deber es solucionarlo. Y ahora, si me disculpas, tengo que ocuparme de mis otros pacientes. Volveré cada tres horas para ver cómo estás.

Hizo una leve inclinación con la cabeza, luego se giró y salió de la habitación dando grandes pasos.

Deseaba correr tras él y pedirle que regresara.

¿Cómo explicar aquel aturdimiento y la fuerte atracción que sentía hacia él? ¿Habrían sido amantes? ¿Habían estado casados y se habrían divorciado?

De repente, un recuerdo se formó en su cabeza. Estaba casada. Pero no con Rodrigo.

Capítulo Tres

Rodrigo regresó a las tres horas y se quedó tres minutos. Lo suficiente para comprobar que estuviera bien y ajustar la medicación. Durante los tres días siguientes, continuó el mismo proceder. Incluso entre sueños había podido percibir su presencia.

Todavía no había tenido la ocasión de contarle lo que había recordado. No, lo cierto era que no había querido decírselo. El descubrir que estaba casada, aun sin saber con quién, no era una de las cosas que quisiera compartir con nadie y mucho menos con él. Además, probablemente él ya lo sabría.

Aquello podía ser presagio de que la pérdida de memoria estaba remitiendo. Pero no quería recuperarla. Prefería mantener aquella confusión. Aunque era inútil. Unas horas antes, un nombre había surgido en su cabeza: Mel Braddock. Estaba segura de que era el de su marido, pero no podía ponerle rostro a aquel nombre. El único recuerdo que podía vincular a ese nombre era el de una profesión: cirujano general.

Más allá de eso, no recordaba nada de su matrimonio. Lo único que sabía era que una extraña sensación la oprimía cada vez que intentaba recordar algo más.

Seguramente no se sentiría así si las cosas hubieran ido bien. Si él no estaba allí, después de los días que habían pasado desde el accidente, entonces quizá estuvieran separados, incluso divorciados. Pero estaba segura de que seguía casada y de que su matrimonio no había acabado.

Al cabo de tres horas, Rodrigo regresó. Cybele había pasado de no querer decir nada a desear gritarlo con toda la fuerza de sus pulmones.

Entró acompañado de dos médicos y una enfermera y evitó el contacto visual con ella. Había dejado de ir solo. Era como si no quisiera quedarse a solas con ella.

Después de comprobar los gráficos, informó a sus acompañantes de los cambios en la medicación, sin apenas hacerle caso.

–Recuerdo algunas cosas –dijo, sintiéndose frustrada.

Al oír aquella declaración, Rodrigo se quedó inmóvil. Los demás se movieron nerviosos, sin saber si fijar los ojos en ella o en su jefe. Continuó sin mirarla mientras volvía a dejar el informe a los pies de la cama y murmuró algo que sólo pudo llegar al oído de los otros, que enseguida salieron de la habitación.

Aún tardó largos segundos en fijar la vista en ella.

La intensidad de su mirada la hizo estremecerse. ¿Estaría ansioso por saber lo que recordaba o preocupado? Porque seguro que sospechaba que se trataba de su marido. Le había hablado de su padre fallecido y de su familia, pero no de su marido. ¿Le habría contado algo si no lo hubiera recordado?

Había algo más en su actitud, algo de lo que ya se había dado cuenta antes, justo después de besarlo. ¿Desaprobación, antipatía? ¿Acaso no mantenían una buena relación antes del accidente? Era imposible, teniendo en cuenta la atracción que sentía hacia él. No percibía ninguna animadversión. ¿Estaría molesto con ella por algo? ¿Se sentía obligado a cuidarla por los viejos tiempos? ¿Habría sido su amante?

No, no lo había sido. Quizá no recordara demasiado sobre sí misma, pero la idea de tener dos relaciones paralelas, le resultaba repugnante por muy fuerte que fuera la tentación. También él transmitía una gran nobleza. No sabía cómo, pero estaba segura de que Rodrigo Valderrama nunca traspasaría el territorio de otro hombre, nunca cruzaría los límites del honor, por mucho que la deseara o por muy abominable que fuera el otro hombre.

Pero había una prueba de que nunca había habido intimidad entre ellos: su cuerpo. Ardía en deseos por él y, por eso, sabía que nunca lo había tenido. Le habrían quedado huellas en cada célula de su cuerpo de haber sido así. Así que, ¿qué significaba todo aquello?

—¿Qué recuerdas? —preguntó él finalmente.

—Quién soy y que estoy casada —dijo—. ¿Por qué no me lo dijiste?

—No preguntaste.

—Pregunté si tenía familia.

—Pensé que preguntabas por familiares de tu misma sangre.

—Estás evitando contestar.

—¿De veras? —preguntó y le mantuvo la mirada, como si tratara de leerle los pensamientos—. ¿Así que lo recuerdas todo?

Ella suspiró.

—He dicho que recuerdo algunas cosas.

—Dices que recuerdas quién eres y que estabas casada. Eso es prácticamente todo, ¿no?

—No cuando sólo recuerdo algunas cosas: el nombre que me dijiste, que fui a la Facultad de Medicina de Harvard, que trabajé en el hospital Saint Giles y que tengo veintinueve años. Apenas recuerdo más detalles de mi matrimonio. Sólo recuerdo que tenía un marido y cuál era su nombre y su profesión.

–¿Eso es todo?

–Lo demás son especulaciones.

–¿Qué clase de especulaciones?

–Sobre la ausencia tanto de mi familia como de mi marido después de transcurrida una semana desde el accidente. Sólo se me ocurren explicaciones pesimistas.

–¿Cuáles?

–Que debo de ser un monstruo para que nadie haya corrido a mi lado.

Observó un extraño brillo en los ojos de él. ¿Acaso tenía razón? ¿También él pensaba lo mismo? Su corazón se fue encogiendo a la espera de que confirmara o negara sus sospechas. Al ver que no decía nada, interpretó su silencio como una confirmación.

–A menos que por motivos económicos no puedan hacer el viaje hasta aquí.

–Por lo que tengo entendido, tu familia no tiene problemas económicos.

–Así que les dijiste que estaba al borde de la muerte y ninguno se molestó en venir.

–No les dije eso. No estabas al borde de la muerte.

–Podía haber sido así.

Se hizo un tenso silencio.

–Sí –reconoció él por fin.

–Así que me llevo mal con ellos.

Parecía que de nuevo iba a evitar hacer comentario alguno. Luego, se encogió de hombros.

–Creo que la relación no era buena.

–¿Ni siquiera con mi madre?

–Sobre todo con tu madre.

–Estupendo. ¿Ves? Tenía razón cuando dije que lo mejor era no recordar nada.

–No es tan malo como lo pintas. Para cuando llamé a tu familia, estabas estable y no había nada que pudieran hacer más que esperar como el resto de nosotros. Tu madre ha llamado un par de veces para saber cómo estabas y le he dicho que progresas muy bien físicamente. Psicológicamente, le he dicho que de momento no te convenía su presencia aquí.

Era evidente que estaba tratando de encubrir a su familia y su madre. Si de veras estuvieran preocupados, no estarían tranquilos. Quizá los había convencido para que no fueran y así no introducir un elemento emocional impredecible en su recuperación neurológica.

Lo cierto era que en aquel momento no le importaba cómo se llevara con su familia. Lo que de veras le interesaba era saber de la relación con su marido.

–Eso en lo que respecta a la relación con mi familia. Pero respecto a la ausencia de mi marido, sólo puedo pensar lo peor, que quizá estemos separados o incluso divorciados.

Deseaba que le respondiera que así era.

Su mandíbula se tensó y su mirada se volvió gélida.

–Nada de separación. Tu marido y tú habíais planeado una segunda luna de miel.

Cybele sintió que el corazón le daba un vuelco. Durante un minuto interminable se quedó mirándolo fijamente, incapaz de hablar ni de pensar.

–¿Una segunda luna de miel? –repitió con voz frágil–. ¿Quiere eso decir que llevamos mucho tiempo casados?

Rodrigo tardó una eternidad en contestar.

–Os casasteis hace seis meses.

–¿Seis meses? ¿Y ya estábamos planeando una segunda luna de miel?

–Quizá debería haber dicho luna de miel a secas. Las circunstancias os impidieron disfrutar de la luna de miel cuando os casasteis.

–Aun así, mi querido esposo no está aquí. Quizá nuestros planes eran un intento de salvar un matrimonio que no funcionaba y no deberíamos habernos molestado en…

–No sé mucho sobre tu relación, pero los motivos para que no esté junto a la cabecera de tu cama son incuestionables: está muerto.

Ella se tambaleó como si hubiera recibido un puñetazo.

–Iba pilotando el avión –afirmó con rotundidad.

–¿Lo recuerdas? –preguntó él.

Cybele sintió náuseas y se agarró a la cama. De pronto se encontró con Rodrigo a su lado, sujetándole la cabeza con una mano y con la otra, un cuenco.

Comenzó a tener arcadas, pero no eran por el dolor. Eran por el horror, la ira y el alivio que en aquel momento constituían sus reacciones instintivas. ¿Qué clase de monstruo era al sentirse así por la muerte de alguien, especialmente teniendo en cuenta que se trataba de su marido? ¿Había deseado que su marido muriera para estar con Rodrigo?

No, no podía ser eso. Tenía que haber algo más.

–Entonces, ¿qué significa toda esta confusión?

–¿Estás bien?

Ella se encogió de hombros, apesadumbrada.

–Sí, si es correcto que me sienta enfadada en vez de triste. Debo ser peor persona de lo que creo.

Después de la sorpresa que sus palabras le produjeron, él permaneció contemplativo.

—Estar enfadada en tu situación es una reacción normal.

—¿Cómo?

—Es normal sentirse enfadado con los seres queridos muertos, especialmente en los casos como éste en que causaron el accidente. La primera reacción después de la conmoción es de incredulidad y rabia, dirigida en un principio hacia la víctima. Eso explica la amargura que sentiste antes. Tu inconsciente debía de saber que era él el que pilotaba el avión. Puede que guarde todos los detalles que oíste en la escena del accidente.

—¿Quieres decir que hablo español?

—No que yo sepa —contestó él frunciendo el ceño—. Pero quizá comprendiste la terminología médica lo suficiente como para valorar el alcance de sus lesiones.

Desde un rincón de su cabeza, surgió una orden para que sus labios pronunciasen unas palabras en español.

—No tenía ni idea de que hablaras español —añadió él después de oírla.

—Yo tampoco. Pero tengo la sensación de que es algo nuevo.

—¿Nuevo? ¿A qué te refieres?

—Es una sensación, ya que no recuerdo hechos. Es como si llevara poco tiempo aprendiéndolo.

Él le dirigió una mirada que hizo que el flujo de su sangre se acelerara y que su temperatura aumentara.

¿Estaba pensando lo mismo que ella, que había empezado a aprender español por él, con la idea de comprender su idioma y de entenderlo mejor?

—Sea como sea, sabes el suficiente español como para dar base a mi teoría.

Estaba dando una respuesta a sus reacciones completamente lógica. ¿Qué pasaría si fuera totalmente sincera con él?

Estaba segura de que la tenía por un monstruo y no podía culparlo. Ella misma estaba empezando a pensarlo.

De repente, un recuerdo surgió en su cabeza como si fuera una bala atravesándola. Era la imagen de Mel, el marido que recordaba con ira y cuya muerte le había provocado una mezcla de resentimiento y liberación, en una silla de ruedas.

Luego se formó en su cabeza la sensación de un impacto contra unos pilares, pero no en forma de recuerdo, sino de conocimiento. Mel se había quedado paralítico de cintura para abajo en un accidente de coche, pero no sabía si había sido antes o después de que se casaran. Aunque estaba segura de que eso no importaba.

Había estado en lo cierto de por qué nadie había corrido a la cabecera de su cama: ella no tenía corazón.

¿Qué otra explicación tenía aquella indiferencia hacia alguien por quién debía sentir algo? Al fin y al cabo, era el hombre al que había prometido amar en la salud y en la enfermedad y al que debía permanecer unida hasta que la muerte los separase.

Al segundo siguiente, exhaló con fuerza, expulsando el aire de sus pulmones.

–Cybele, ¿qué te duele?

En sus oídos retumbó la voz preocupada de Rodrigo, mientras reparaba en la ansiedad que transmitía su rostro.

No, no estaba bien. Era un monstruo y sufría amnesia.

Además, estaba embarazada.

Capítulo Cuatro

Cybele permaneció tumbada, acompañada de Rodrigo, alternando episodios de absoluta inmovilidad con fuertes sacudidas. Él la tranquilizó sujetándola con una suave presión, secándole los ojos y los labios con movimientos firmes. Por fin se fue calmando.

Luego, le hizo girar la cabeza hacia él.

—¿Recuerdas algo más?

—Sí, algunas cosas más —contestó conteniendo el hipo mientras intentaba incorporarse.

La tentación de permanecer entre sus brazos era insoportable, pero se contuvo por otro arrebato de culpabilidad y desconcierto.

Rodrigo la ayudó a sentarse y enseguida se apartó de ella. Sin duda alguna, no deseaba seguir tocándola más de lo necesario.

Deseosa de poner más distancia entre ellos, Cybele dejó caer sus piernas entumecidas al suelo y se puso las zapatillas que él le había traído. Renqueando, se acercó a la ventana y vio las colinas más verdes que jamás había visto en su vida. Aun así, en sus retinas se había quedado fijo el rostro de Rodrigo, además de una imagen borrosa de Mel en su silla de ruedas, pálido y mirándola con ojos acusadores.

Se dio la vuelta y a punto estuvo de caerse. Ahogó una exclamación y vio a Rodrigo dispuesto para ayudarla y recogerla si se desmayaba.

Pero no iba a hacerlo. Sentía un hormigueo en la piel, allí donde la había tocado. Aunque no se cansaba de sus caricias, no podía permitir que volviera a tocarla, así que se apoyó en la pared para sujetarse.

Él seguía en alerta, pero mantenía la distancia. Sus ojos recibían la luz del sol vespertino, que inundaba la habitación con su cálido color dorado.

–Las cosas de las que me acabo de acordar… –dijo llevándose la mano a su hombro izquierdo–. Bueno, yo no diría que son verdaderos recuerdos. Al menos no son de la misma clase que los que tengo desde que he recuperado la consciencia. Éstos son en color, escena a escena, cada uno de ellos acompañado de sonidos, olores y sensaciones. Pero las cosas de las que me acabo de acordar no tienen color, ni sonido ni formas. Son como titulares de artículos, pero sin contenido. Son como esbozos de información y conocimientos. No sé si lo que digo tiene algún sentido.

Él bajó la vista a los pies unos instantes, antes de volver a mirarla con su expresión de cirujano.

–Tiene mucho sentido. He tratado muchos casos de amnesia postraumática y he estudiado muchos informes, y nadie ha descrito con tanta claridad la sensación que se tiene al recuperar recuerdos como acabas de hacer tú. Pero todavía es pronto. Esos recuerdos borrosos irán tomando cuerpo con el tiempo.

–No quiero que sea así. Quiero que dejen de surgir en mi cabeza, quiero que desaparezca lo que he recordado –dijo y se apretó el hombro, provocándose más dolor para contrarrestar la punzada que sentía en el estómago–. Continuarán aflorando en mi cabeza hasta que la hagan estallar.

–¿Qué has recordado esta vez?

Cybele se hundió de hombros.

–Que Mel era parapléjico.

Rodrigo no dijo nada, ni siquiera parpadeó. Se limitó a mantener la mirada.

A continuación, Cybele añadió el resto.

–Y que estoy embarazada.

Él parpadeó lentamente, en un gesto significativo. Lo sabía y no parecía agradarle. ¿Por qué?

Una explicación era que había estado a punto de dejar a Mel, pero entonces él se había quedado paralítico al mismo tiempo que ella había descubierto que estaba embarazada y eso había echado al traste sus planes. ¿Era ése el motivo de la antipatía que observaba en él de vez en cuando? ¿Estaba enfadado con ella por negarse a abandonar a su marido después de que se quedara discapacitado, a la vez que esperaba un hijo suyo?

No lo sabría a menos que Rodrigo se lo contara y no parecía muy dispuesto a facilitarle aquella información.

Cybele suspiró.

–A juzgar por el escaso volumen de mi abdomen, debo estar en el primer trimestre.

–Sí –dijo él y como si le costara, añadió–. Estás embarazada de tres semanas.

–¿Tres semanas? ¿Cómo es posible que lo sepas? A pesar de las pruebas que me hayas hecho antes de la operación, no puedes saberlo con tanta precisión –dijo y se detuvo al volver a tener otra visión–. Me quedé embarazada mediante fecundación *in vitro*. Por eso sabes exactamente de cuánto estoy.

–Lo cierto es que fue por inseminación artificial, hace veinte días.

—No me lo digas. También sabes exactamente a qué hora me la hicieron.

—A la una de la tarde.

Se quedó mirándolo fijamente, incapaz de encontrar una explicación a aquel conocimiento tan específico sobre su embarazo.

Si hubiera sido un embarazo inesperado y lo hubiera descubierto después de decidir abandonar a Mel, eso la convertiría en una mujer infiel de sangre fría. Pero no había sido inesperado. No cabía duda, deseaba tener un hijo con Mel. Tanto como para someterse a aquella técnica dado que él no podía concebir un hijo de la manera natural, de la manera íntima.

Así que su matrimonio iba bien. Eso daba credibilidad al comentario de Rodrigo de que estaban planeando una luna de miel. Quizá fuera para celebrar su embarazo.

Pero entonces, ¿por qué su primera reacción al conocer su muerte había sido de alivio y de consternación al saber de su embarazo?

¿Qué clase de mente retorcida tenía?

Sólo había un modo de saberlo: a través de Rodrigo. Pero continuaba sin aportar nada a lo que parecía haber sido una vida compleja. Probablemente fuera de la opinión de que facilitar información a una persona en su estado haría más difícil que recuperara por sí misma los recuerdos o incluso podría distorsionarlos.

No le importaba. No había nada más desconcertante que sus propias interpretaciones. Fuera lo que fuese que él le contara, arrojaría algo de luz a su vida. Eso haría que fuera más soportable vivir. Tenía que insistir para que le contara lo que sabía.

De pronto, sus pensamientos errantes se detuvieron.

No podía creer que no se lo hubiera preguntado antes. ¿Cómo se había enterado Rodrigo de todo aquello? Sin pensárselo dos veces, le hizo la pregunta.

–¿Cómo sabes todo esto? ¿De qué me conoces? ¿Y a Mel?

La respuesta estalló en su mente. Fue por el brillo de sus ojos. Tras el autocontrol del cirujano y el refinamiento del hombre, se adivinaba una furia contenida. Recordaba aquella expresión de mucho antes de que lo besara, en aquella vida que no recordaba. En esa vida, Rodrigo la había despreciado.

Y no había sido por darle falsas esperanzas para luego no abandonar a Mel. Era peor, mucho peor. Había sido el mejor amigo de Mel. Lo que aquello implicaba era horrible.

Fueran como fuesen las cosas antes, si había mostrado su atracción por Rodrigo después de que Mel se quedara inválido, entonces tenía un buen motivo para detestarla.

–Lo recuerdas.

Indecisa, Cybele levantó la mirada.

–Más o menos.

–¿Más o menos? Muy elocuente. ¿Más titulares esquemáticos?

Allí estaba de nuevo aquella furia contenida y Cybele trató de ignorarla.

–Recuerdo que eras su mejor amigo y por eso sabes tanto de nosotros, incluida la hora en que me hicieron la fecundación. Lo siento, pero no recuerdo más.

No estaba dispuesta a preguntarle cuál era la relación entre ellos. Confiaba en que confirmara sus especulaciones.

–Estoy segura de que lo demás irá surgiendo –continuó ella–. De golpe o poco a poco. No tienes por qué quedarte a la espera del siguiente avance. Quiero recibir el alta.

Rodrigo se quedó mirándola.

–Métete en la cama, Cybele. Tu lucidez se está desintegrando con cada movimiento, con cada palabra que sale de tu boca.

–No me dirijas ese tono de médico condescendiente, doctor Valderrama. Por si no te acuerdas, yo también pertenezco al gremio. Puedo recuperarme fuera de este hospital.

–Necesitas hacerlo bajo estricta supervisión médica.

–Puedo ocuparme yo misma.

–¿Acaso no recuerdas ese viejo dicho acerca de que los médicos son malos pacientes?

–No tiene nada que ver con eso. Puedo cuidarme yo sola.

–No, no puedes. Pero te daré el alta y quedarás bajo mi custodia. Te llevaré a mi casa para que continúes allí la recuperación.

Su comentario la dejó sin respiración. Bajo su custodia y en su casa. A punto estuvo de perder el equilibrio ante las imágenes que llenaron su cabeza, ante la tentación de saltar a sus brazos y pedirle que la hiciera suya.

Tenía que decir que no y apartarse de él.

–Escucha: tuve un terrible accidente y conseguí sobrevivir. Habría muerto si no me hubieras intervenido, pero lo hiciste y me salvaste. Estoy bien.

–No estás bien. Ahora mismo podrías estar en otra galaxia.

Y además, tenía sentido del humor también. No, definitivamente no era una buena idea irse a su casa.

–No exageres –dijo Cybele y suspiró–. Mi único problema es que me faltan algunos recuerdos.

–¿Algunos? Si quieres hacemos una lista de lo que recuerdas, de esos titulares de artículos sin contenido y de los que has borrado y puede que nunca recuperes. Vuelve a pensar en lo que entiendes por *algunos*.

–Muy bien, pero al paso que voy recuperando los titulares, pronto recordaré todo.

–Aunque así sea, no es tu único problema. Sufriste una fuerte contusión que te produjo un edema en el cerebro y un hematoma subdural. Te operé durante diez horas, la mitad de las cuales fue con cirujanos ortopédicos y vasculares para volver a colocarte el brazo. Ramón dijo que había sido la operación más complicada de su carrera y a Bianca y a mí nos costó mucho reparar los vasos sanguíneos y los nervios. Después de todo, estuviste en coma tres días y te despertaste sin memoria. Ahora mismo, tu estado neurológico no está claro, no puedes mover el brazo, tienes heridas y contusiones desde la cabeza a los pies y estás embarazada de pocas semanas. A tu cuerpo le hará falta el doble de esfuerzo y tiempo para sanar en estos momentos tan difíciles. Me sorprende que puedas hablar e incluso moverte, en vez de estar desorientada en la cama bajo los efectos de los calmantes.

–Gracias por el informe sobre mi estado, pero creo que estoy mejor de lo que piensas. Estoy *bastante lúcida* y puedo hablar tan bien como tú. Y el dolor no es tan insoportable como al principio.

–Estás atiborrada de analgésicos.

–No, no lo estoy. He parado el goteo.

–¿Cómo? –dijo y se acercó a toda prisa–. ¿Desde cuándo?

–Desde que te fuiste después de tu última visita.

–Eso quiere decir que no hay analgésicos en tu cuerpo.

–No los necesito. El dolor de mi brazo es soportable.

Él sacudió la cabeza.

–Creo que necesitamos definir bien tu expresión de bastante lúcida. Creo que no tiene ningún sentido. ¿Por qué sentir dolor cuando puedes evitarlo?

–Sentir alguna molestia me ayuda a mantenerme despejada y reanima mi cuerpo en vez de mantenerlo aletargado por las medicinas, lo que además podría ocultar alguna complicación. ¿Tiene todo eso sentido para ti?

Rodrigo frunció el ceño.

–Me preguntaba qué era lo que te mantenía despejada y activa.

–Ahora lo sabes. Recuerdo perfectamente mi formación médica. Puede que esté amnésica, pero no soy imprudente. Tomaré todas las precauciones y seguiré las pautas postoperatorias.

–Voy a tenerte a mi lado hasta que esté seguro de que vuelves a ser capaz de enfrentarte al mundo tú sola.

Aquello silenció cualquier argumento que pudiera hacer en contra.

Tenía la convicción de que no tenía una buena opinión de ella. Pero pensaba que era fuerte, a pesar de despreciarla. ¿Se habría comportado de manera despiadada con él? ¿Habría hecho algo fuera de lugar? Aborrecía la infidelidad y no tenía excusa para ello. Al menos, la mujer que había despertado del coma no lo toleraba.

Entonces, la sorprendió aún más.

–No me refiero a cuando estabas con Mel, sino a antes.

No pensaba preguntarle cómo sabía cómo era antes de Mel.

De pronto, más sensaciones la asaltaron. Recordó cómo había decidido no ser como su madre, que había dejado una carrera prometedora para dedicarse a los deseos de su padrastro, y cómo había resuelto no casarse y tener un hijo ella sola cuando su carrera se lo permitiera. Aunque no tenía una perspectiva temporal, sentía que hasta hacía unos meses, había mantenido las mismas convicciones.

Así que, ¿cómo había acabado casada, en el momento crucial de su último año de residencia, y a la vez embarazada? ¿Había amado tanto a Mel como para estar ciega? ¿Había sufrido por ello alguna consecuencia, consciente de que las cosas se complicarían, y era ésa la causa por la que lo recordaba con tanto resentimiento? ¿Era por eso por lo que había encontrado la excusa para permitir que sus sentimientos por Rodrigo afloraran?

No, no podía haber excusa para eso.

Pero por extraño que pareciera, no se arrepentía de estar embarazada. De hecho, eso era lo que aliviaba toda aquella situación, la única cosa que le hacía ilusión. Eso y, para su tormento, estar con Rodrigo. Razón por la cual no podía aceptar su propuesta.

–Gracias por tu amable ofrecimiento, Rodrigo, pero…

Él la interrumpió.

–Ni es amable ni es un ofrecimiento. Es imprescindible y ya está decidido.

Aquello era una muestra de autocracia en estado puro. De manera automática, Cybele mostró su oposición.

–¿Imprescindible o imperativo? ¿Una decisión o una orden?

–Buena pregunta, pero no malgastes tu fuerza. Escoge tú la respuesta.

–Es evidente que ya lo he hecho. Da lo mismo cómo llames a tu ofrecimiento, no puedo aceptarlo.

–Quieres decir que no lo harás.

–Así es y no insistas en analizar mi negativa.

–Parece que lo has olvidado todo acerca de mí, Cybele. Si recordaras lo más básico, sabrías que cuando tomo una decisión, decirme que no, no es una opción.

Cybele se quedó mirándolo fijamente, contemplando su sonrisa triunfadora.

–Se ve que no recuerdo eso –dijo ella y sonrió–. O que se me ha olvidado. Así que estoy en disposición de decir que no. Considéralo una anomalía.

–Puedes decir lo que quieras. Soy tu médico y lo que cuenta es lo que digo.

Cybele se estremeció al oír aquellas palabras y tuvo que sacudir la cabeza para apartar aquellos estúpidos pensamientos.

–Firmaré cualquier documento que necesites para exonerarte. Asumo toda la responsabilidad.

–Soy yo el que asume la responsabilidad sobre ti. Si recuerdas lo que supone ser cirujano, sabes que para ti, en tu situación, soy el segundo después de Dios. Y no hay nada que puedas hacer contra la voluntad de Dios, ¿verdad?

–Creo que te tomas en sentido demasiado literal el sentimiento de divinidad.

–Mi posición en tu caso es un hecho indiscutible. Estás bajo mi cuidado y así seguirá siendo hasta que esté convencido de que no es necesario. La única opción que te doy es seguir tu evolución en mi casa como invitada o en mi hospital como paciente.

Cybele apartó la mirada de sus ojos hipnotizadores. No tenía modo de escapar. Había intentado a la desesperada alejarse de él. No estaba en condiciones de evitar la supervisión médica. ¿Y quién mejor que su propio cirujano para seguir su evolución? Teniendo en cuenta además que era el mejor cirujano que había.

Sabía que era cierto. Era el mejor con diferencia. Era un genio. Además, era millonario y había varias técnicas revolucionarias y equipos que habían recibido su nombre.

Pero aunque hubiera estado bien, ¿adónde habría ido si no a su casa? Una casa que recordaba con tristeza.

No quería estar con nadie y mucho menos con su madre o su familia. Los recordaba como si fueran los conocidos de otra persona. Los tenía por decepcionantes y distantes. Y su actitud había acentuado aquella impresión. Todo su interés por el accidente y por la muerte de Mel se limitaba a un par de llamadas telefónicas. Después de decirles que estaba bien y que no necesitaba nada, parecían haber encontrado la excusa para dejar de preocuparse, si es que alguna vez lo habían hecho, y dedicarse a sus intereses. No recordaba aspectos específicos de su relación con ellos, pero tenía la sensación de que era la gota que colmaba el vaso en una interminable lista de decepciones.

Se giró para mirarlo. Él la estaba observando como si hubiera estado manipulando sus pensamientos para conducirlos hacia la decisión que quería que tomara. No le extrañaría que tuviera poderes mentales. Al fin y al cabo, sería uno más de sus poderes.

Rodrigo inclinó su atractivo rostro hacia ella.

–¿Admites que necesitas de mi supervisión? –preguntó y ella asintió en respuesta–. ¿Y en qué condición? ¿Como invitada o como paciente?

¿Ahora quería que escogiera? Había confiado en dejar correr las cosas durante un par de días hasta tomar en consideración las implicaciones de cada posibilidad y decidir lo que era mejor.

Al parecer, su mente confusa no había afectado su habilidad para sentirse decepcionada.

Sabía cuál era la mejor opción. Debía optar por permanecer en el hospital, donde no podría dejarse llevar por sus alocados pensamientos. Así que debía elegir ser paciente.

Entonces, Cybele abrió la boca.

–Como si no lo supieras ya.

A punto estuvo de soltar una maldición al oírse decir aquellas palabras.

Pero no lo hizo. Se quedó anonadada al verlo tan tranquilo. Había una extraña expresión en su rostro. ¿Se sentía triunfante?

No tenía ni idea. Ya le era suficientemente extenuante comprender sus propios pensamientos y reacciones y no estaba dispuesta a perder energías intentando entender las de él. Tan sólo esperaba que dijera algo más coherente. Eso la sacaría del abismo de estupidez y autodestrucción y haría lo que la razón y la cordura le estaban pidiendo a gritos que hiciera. Tenía que quedarse allí y ser tan sólo su paciente y nada más.

–Será un honor tenerte como invitada, Cybele –dijo con voz amable a pesar de su expresión arrogante–. Me alegro de que no te hayas inclinado por quedarte aquí. Habría tenido que insistir para que cambiaras de opinión.

Cybele se alarmó.

–Mira, respecto a…

Rápidamente la cortó.

–Mira, construí este hospital para que fuera un centro de aprendizaje. Si te quedas, no habrá manera de que evite que los médicos y estudiantes tengan continuo acceso a ti para estudiar tu intrigante estado neurológico.

Al parecer, no sólo era imposible que alguien le llevara la contraria, sino que nadie podía ganar una discusión con él. Le había dado una razón para salir corriendo del hospital.

No estaba dispuesta a dejarse examinar por un puñado de estudiantes y de médicos en prácticas. En la vida que recordaba como si fuera la de otra persona, había sido las dos cosas antes de convertirse en jefa. Sabía que no había nada que pudiera interponerse con la manera de adquirir experiencia, incluyendo la comodidad de los pacientes, su privacidad e incluso, algunos derechos fundamentales.

–Siempre consigues lo que quieres, ¿verdad?

–No, no siempre.

Aquella mirada atormentada en su rostro la dejó sin aliento. ¿Se estaba refiriendo a ella? ¿Acaso era ella algo que había deseado y no había podido tener?

No. Sabía que lo que ella sentía no era recíproco. Para él, no había habido nada inapropiado. Nunca le había dado razón para creer que el sentimiento era mutuo.

Aquella expresión de abatimiento debía deberse al fracaso para salvar a Mel. Eso debía de haber sido lo que más había deseado y que no había podido conseguir.

Cybele tragó el nudo que se había formado en su garganta antes de hablar.

–Creo que dormiré un rato la siesta.

Rodrigo respiró hondo y asintió.

–Sí, es una buena idea.

Empezó a darse la vuelta, pero se detuvo con los ojos fijos en la distancia.

–El funeral de Mel es esta tarde –dijo sin mirarla.

Ella contuvo la respiración. Por algún motivo, no había pensado en ese detalle.

–Tenías que saberlo –añadió él, mirándola con ojos atormentados.

Cybele asintió con dificultad.

–Gracias por decírmelo.

–No me lo agradezcas. No sé si debería haberlo hecho.

–¿Por qué? ¿Crees que no puedo soportarlo?

–Parece que lo estás soportando todo muy bien, pero me pregunto si esto será la calma previa a la tormenta.

–¿Crees que me vendré abajo en algún momento?

–Has pasado por muchas cosas. No me extrañaría.

–No puedo predecir el futuro. Pero estoy estable. Quiero ir, tengo que hacerlo.

–No tienes que hacer nada, Cybele. Mel no habría querido que pasaras por más sufrimiento.

¿Así que Mel sentía algo por ella? ¿De veras quería lo mejor para ella?

Respiró hondo y sacudió la cabeza.

–¿No pretenderás convencerme de que no estoy tan bien como parece, verdad?

Le dirigió una mirada penetrante antes de contestar.

–Estarás bien si haces todo lo que te diga.

–¿Y qué es?

–Ahora descansa. Asistirás al funeral en silla de ruedas y te irás cuando te lo diga sin protestar.

Apenas tenía fuerzas y lo único que pudo hacer para asentir fue parpadear. Él se quedó pensativo antes de acercarse hasta ella, tomarla del brazo y guiarla hasta la cama.

Cybele se sentó y él se inclinó hacia ella. Los latidos de su corazón resonaron por todo su cuerpo cuando él le tomó un pie, después el otro, y le quitó las zapatillas. Luego volvió a enderezarse y la empujó suavemente del hombro. No tuvo que hacer más fuerza ya que ella enseguida se dejó caer sobre el colchón. La ayudó a colocar las piernas y la arropó con las sábanas.

–Descansa.

Sin volver la mirada, Rodrigo se dio media vuelta y atravesó la habitación a toda prisa.

En cuanto la puerta se cerró, Cybele se estremeció.

¿Descansar? ¿De veras creía que podía hacerlo antes de asistir al funeral de su esposo fallecido?

Le dolía todo. Sentía lástima por él y de él, se sentía culpable por seguir respirando…

Al menos confiaba en que el funeral, aquella ceremonia de despedida, llenara los vacíos de su mente.

Quizá encontrara respuestas, además de una absolución.

Capítulo Cinco

No pudo descansar.

Después de cuatro horas sin parar de dar vueltas en la cama, entró una atractiva morena vestida con un traje negro y Cybele se sintió peor que cuando se había despertado del coma.

Esbozó una sonrisa de agradecimiento a la mujer e insistió en que no necesitaba ayuda para vestirse. El cabestrillo de fibra de vidrio era muy ligero y podía mover el hombro y el codo lo suficiente como para ponerse la blusa y la chaqueta.

Después de que la mujer se fuera, se quedó de pie mirando la ropa que Rodrigo le había proporcionado para asistir al funeral por el marido que no recordaba y al que no quería recordar.

No necesitaba ayuda para vestirse, pero iba a necesitarla para liberarse del estrés. Lo único que podía hacer era vestirse y salir de aquello cuanto antes.

Al cabo de unos minutos se estaba mirando al espejo en el moderno baño decorado en tonos blancos y grises. Llevaba un traje de lana negro, una blusa blanca y unos zapatos de tacón negros. Todas las prendas parecían hechas a su medida.

Unos golpes en la puerta la sacaron de sus pensamientos acerca del origen de la precisión para dar con su talla.

Deseaba correr hacia la puerta, abrirla y acabar con

todo aquello cuanto antes. Sin embargo, se acercó lentamente y abrió la puerta. Rodrigo estaba allí, con una silla de ruedas, en la que se sentó sin decir nada.

En silencio, él empujó la silla por el amplio pasillo hasta el enorme ascensor en el que cabían unas diez camillas con el personal médico correspondiente. Estaba claro que aquel lugar estaba concebido para afrontar urgencias multitudinarias. Fijó la vista al frente al llegar al vestíbulo, consciente de que todas las miradas se habían clavado en ella por ser la mujer a la que el gran jefe estaba atendiendo personalmente.

Una vez fuera del centro hospitalario, se estremeció al sentir el frío de los últimos días del mes de febrero en el rostro y en las piernas. Rodrigo se detuvo ante un impecable Mercedes negro y le puso el cálido abrigo de cachemir que llevaba en el brazo sobre los hombros al ayudarla a sentarse en el asiento trasero coche.

Al cabo de unos instantes, él también se metió en el coche y le hizo una señal al chófer para que se pusiera en marcha. Los paisajes cambiantes de la ventanilla fueron la única prueba de que estaban avanzando por las calles desiertas.

Las bonitas vistas que pasaban ante ella a toda velocidad no consiguieron entretenerla. Tan sólo podía pensar en él, en la seriedad de su perfil y en la tensión contenida que transmitía su cuerpo.

Cybele no pudo soportarlo más.

—Lo siento.

Rodrigo se giró hacia ella.

—¿De qué estás hablando?

El gesto grave de sus ojos y boca hizo que se quedara pensativa unos segundos antes de hablar.

–Me refiero a Mel –dijo y al observar la llama de sus ojos esmeralda a punto estuvo de callarse, pero continuó–. A que le hayas perdido. No lo recuerdo a él ni a nuestra relación, pero tú no tienes esa suerte. Has perdido a tu mejor amigo mientras lo operabas y tratabas de salvarle la vida…

Observó cómo los músculos de su mandíbula se tensaban, como si tratara de ocultar la emoción que lo embargaba para que nadie más pudiera darse cuenta de lo que sentía.

–Te refieres a fracasar al intentar salvarlo.

Aquel comentario la golpeó como si fuera el filo de una espada sobre su cuello. A punto estuvo de dejarse llevar por su angustia. Pero la necesidad de consolarlo le dio fuerzas para continuar.

–No fracasaste. No había nada que pudieras hacer. No te molestes en contradecirme o en encontrar la manera de sobrellevar una culpa que no es tal. Todo el mundo sabía que no había nada que pudiera hacerse por él.

Los ojos de Rodrigo volvieron a brillar, arrastrándola con la fuerza de su frustración.

–¿Y se supone que eso va a hacerme sentir mejor? ¿Y si no quiero sentirme mejor?

–La culpabilidad sin fundamento no hace bien a nadie y menos aún a aquéllos por los que nos sentimos culpables.

–Qué razonable puedes llegar a ser cuando lo razonable no sirve para nada.

–Pensé que eras de la opinión de que la lógica servía para cualquier cosa.

–No en este caso. Y lo que siento no me hace daño. Me siento fuerte como un toro.

–¿Así que estás ignorando el dolor emocional y psicológico? Sé que como cirujanos, nuestra máxima preocupación es el dolor físico, cosas que podemos arreglar con nuestros bisturís, pero…

–Pero nada. Estoy entero y fuerte. Mel está muerto.

–¡Pero no por tu culpa! –exclamó sin poder soportar cómo intentaba sobreponerse al dolor y la culpa de aquella manera–. Quiero que quede claro. Sé que eso no hace que su pérdida sea menos traumática. Lo siento mucho por todo el mundo: por ti, por Mel, por sus padres, por el bebé.

–¿Y por ti no?

–No.

Aquella palabra quedó colgando en el aire, cargada de más expresividad de la que unas meras palabras podían transmitir.

Tras veinte minutos de silencio, su corazón dio un vuelco al comprobar que estaba entrando en un aeropuerto privado. Con cada metro que avanzaban, los tentáculos del miedo se estrechaban alrededor de su garganta, hasta que el coche se detuvo a escasos metros de la escalerilla de un Boeing 737.

Inconscientemente, alargó la mano hacia lo único que era inquebrantable en su mundo: Rodrigo.

Él la rodeó con su brazo a la vez que ella buscaba su apoyo, mientras los recuerdos asaltaban su cabeza como si de un humo denso se tratara.

–Aquí es donde abordamos el avión.

Él se quedó mirándola fijamente por unos instantes antes de cerrar los ojos.

–Lo siento, Cybele, lo siento mucho. No he considerado lo que podía suponer para ti estar aquí, donde empezó tu terrible experiencia.

Ella respiró hondo y sacudió la cabeza.

–Probablemente, lo más acertado haya sido traerme aquí. Quizá consiga recuperar todos mis recuerdos a la vez. Prefiero eso a ir poco a poco.

–No estoy a favor de las terapias de choque. Estamos aquí para el funeral de Mel –dijo él–. No se trata de un funeral tradicional. He hecho venir a los padres de Mel desde Estados Unidos para que se lleven el cuerpo a casa.

Cybele estaba tratando de asimilar todo aquello: el cuerpo de Mel allí, en aquel coche fúnebre. No se acordaba de sus padres. Tenían que estar dentro del avión, que debía de ser de Rodrigo. Saldrían y entonces los vería. Y en vez de encontrarse a una desconsolada viuda a la que reconfortar, se encontrarían con una extraña impedida incapaz de compartir su dolor.

–Rodrigo…

El ruego para que se la llevara de allí se quedó atrapado en su garganta. Se había equivocado: no podía soportar aquello.

Rodrigo apartó la cabeza. Un hombre y una mujer de unos sesenta años aparecieron en la puerta del avión. Abrió la puerta y se giró hacia ella.

–Quédate aquí.

Se sintió afligida. Era demasiado débil. Él se había dado cuenta de que su miedo para enfrentarse a sus suegros, la tenía paralizada.

No podía dejarlo solo. Aquellos padres se merecían más. Les debía todo lo que pudiera hacer para aliviar su pesar.

–No, voy contigo. Y sin silla de ruedas, por favor. No quiero que piensen que me encuentro peor de lo que estoy.

Él apretó los labios y luego asintió antes de salir del coche. Al cabo de unos instantes, estaba junto a ella ayudándola a salir.

—¿Cómo se llaman? —preguntó Cybele.

Rodrigo abrió los ojos sorprendido de nuevo ante la laguna de su memoria.

—Son Agnes y Steven Braddock.

Los nombres le sonaban algo, pero estaba segura de que hacía poco que los conocía y, por tanto, no los conocía bien.

La pareja comenzó a descender mientras Rodrigo y ella salían a su encuentro. A cada paso, sus rostros se hacían más nítidos, trayéndole más recuerdos sobre el aspecto de Mel.

Su suegro tenía el mismo aspecto físico y el mismo cabello denso que Mel, sólo que el suyo era gris y el de su difunto marido castaño. Además, Mel tenía los mismos ojos turquesa que su madre.

Cybele se detuvo a escasos pasos, mientras que Rodrigo continuó avanzando, abrió los brazos y el hombre y la mujer se abrazaron a él. La escena de los tres unidos hizo que se le encogiera el corazón. Le dolía todo. Sentía como si le estuvieran arrancando la piel a tiras. Sus ojos se llenaron de lágrimas.

El modo en que los abrazaba, el modo en que buscaban su consuelo… Se le veía completamente entregado al dolor de aquellos padres, sacando fuerzas de…

Justo cuando estaba a punto de no poder soportarlo más, el trío se disolvió y se giró hacia ella. Luego, Agnes acortó la distancia que las separaba.

Se fundió en un abrazo con Cybele, poniendo cuidado para no rozar su brazo en cabestrillo.

–No sabes lo preocupados que estábamos por ti. Verte tan bien es la respuesta a nuestras oraciones.

¿Tan bien? Parecía una frase ensayada mil veces ante un espejo.

–Por eso hemos tardado tanto en venir –continuó–. Rodrigo no podía ocuparse de esto, de nada, hasta que estuvieras fuera de peligro.

–No debería haberse molestado. Imagino cómo ha debido sentirse, teniendo que preparar todo esto.

Agnes sacudió la cabeza y la tristeza de sus ojos se intensificó.

–Ya no había nada que pudiéramos hacer por Mel y el haber venido antes no hubiera servido de nada. Eras tú la que necesitaba toda la atención de Rodrigo para que pudiera curarte.

–Y lo ha hecho. Y aunque todo el mundo dice que es fantástico con sus pacientes, estoy segura de que ha ido más allá. Todo por ser la esposa de Mel. Es evidente que es un buen amigo de toda la familia.

La mujer la miró extrañada como si acabara de decir que Rodrigo era un reptil.

–Pero Rodrigo no es sólo un amigo de la familia. Es nuestro hijo. Es el hermano de Mel.

Cybele sintió como si llevara siglos con la mirada clavada en Agnes. Sus palabras aún resonaban en su cabeza.

¡Así que Rodrigo no era el mejor amigo de Mel sino su hermano!

–¿No lo sabías? –preguntó Agnes sorprendida–. ¡Pero qué estoy preguntando! Rodrigo nos contó acerca de tu pérdida de memoria. Se te ha olvidado.

Aquello era un descubrimiento nuevo.

Las preguntas empezaron a dar vueltas en su cabeza y se sintió aturdida. Antes de que pudiera empezar a formularlas, Rodrigo y Steven se acercaron hasta ellas. Rodrigo se mantuvo apartado mientras Steven saludaba a Cybele.

–Estamos obligando a Cybele a permanecer demasiado tiempo de pie –dijo Rodrigo dirigiéndose a la pareja que supuestamente eran sus padres–. Agnes, ¿por qué no la acompañas al coche mientras Steven y yo nos ocupamos de todo?

¿Agnes? ¿Steven? ¿No los llamaba papá y mamá?

Habría insistido en quedarse allí si no hubiera estado deseando quedarse a solas con Agnes para averiguar más.

Tan pronto como se acomodaron en el coche, Cybele se giró hacia Agnes. Y todas las preguntas se apelotonaron en su cabeza.

¿Qué preguntaría? ¿Y cómo hacerlo? Aquella mujer estaba allí para recoger el cuerpo de su hijo muerto. ¿Qué pensaría si la viuda de su hijo no mostraba ningún interés en hablar de él sino en el hombre que había resultado ser su hermano?

Permaneció allí sentada, sintiendo una pena más amarga que la que había sentido desde que se despertara en aquella nueva vida. El chófer de Rodrigo les ofreció unas bebidas. Repitió lo mismo que había pedido Agnes y, de manera mecánica, comenzó a dar sorbos a su té de menta a la vez que lo hacía Agnes.

De pronto, la mujer comenzó a hablar. La tristeza que reflejaba su rostro se mezcló con otros sentimientos de amor y orgullo.

–Rodrigo tenía seis años y vivía en una comunidad

hispana al sur de California cuando su madre murió en un accidente. Entonces, el Estado se hizo con su custodia. Dos años más tarde, cuando Mel tenía seis años también, decidimos darle un hermano, pero descubrimos que no podíamos tener más hijos.

Así que eso era: Rodrigo era adoptado.

Agnes continuó.

—Mientras buscábamos, llevábamos a Mel con nosotros, ya que nuestro único criterio era que el niño que adoptáramos, se llevara bien con él. Mel chocaba con todos los niños que pensábamos que encajarían en nuestra familia. Entonces, nos sugirieron a Rodrigo. Nos dijeron que era todo lo contrario que Mel: responsable, educado, despierto y brillante. Pero nos habían hablado tan bien de todos los niños anteriores, que habíamos perdido la esperanza de que algún niño congeniara con Mel. Entonces, apareció Rodrigo. Después de presentarse con el poco inglés que hablaba, nos preguntó por qué estábamos buscando otro niño y nos pidió que lo dejáramos a solas con Mel. Sin que ninguno de los niños lo supiera, nos llevaron a una habitación desde la que se les podía ver. Mel estuvo muy desagradable con Rodrigo, insultándolo y riéndose de su acento y de su situación. Nos sorprendimos de que supiera aquellas palabrotas y nos sentimos muy mal. Steven pensó que se sentía amenazado por Rodrigo, como le había pasado con todos los niños que había conocido anteriormente. Le dije que fuera cual fuese la razón, no podía dejar que Mel abusara de aquel pobre niño, que nos habíamos equivocado y que Mel no necesitaba un hermano hasta que no superara su mal carácter. Pero de pronto, me dijo que me callara y mirara. Y así lo hice.

Agnes permaneció unos segundos con la mirada perdida, antes de continuar su relato.

–Hasta el momento, Rodrigo no había mostrado ninguna reacción. Para entonces, otros niños ya habían arremetido contra él, física y verbalmente. Pero él había permanecido sentado, mirándolo contemplativamente. Luego, se puso de pie y, con calma, se acercó a nuestro hijo. Mel siguió en sus trece, pero al ver que Rodrigo no mostraba la misma reacción que los demás, se sintió intrigado. Todos contuvimos la respiración al ver que Rodrigo se llevaba la mano al bolsillo. Mi cabeza se imaginó lo peor. Alarmado, Steven también se levantó, pero el director del centro nos dijo que mantuviéramos la calma. Entonces, sacó una mariposa. Estaba hecha de cartón, gomas y alambres y pintada a mano. La lanzó al aire y la hizo volar. Y de repente, Mel volvió a ser un niño, riendo y saltando detrás de la mariposa como si fuera de verdad. Entonces supimos que Rodrigo se había ganado a Mel y que la búsqueda de nuestro nuevo hijo había terminado. Estaba temblando cuando le preguntamos a Rodrigo si quería venir a vivir con nosotros. Se quedó sorprendido. Nos dijo que nadie quería niños mayores. Lo convencimos de que queríamos tenerlo con nosotros, pero que nos conociera antes. Él insistió en que era a él a quién debíamos conocer. Luego se dio la vuelta y estrechó la mano de Mel a la vez que le prometía que le enseñaría a hacer juguetes.

Las imágenes que Agnes había descrito eran sobrecogedoras. Se imaginaba a Rodrigo en aquella situación de adversidad, en un mundo en el que no tenía a nadie y decidido a mostrar su valía para ganarse el respeto de los demás.

–¿Y le enseñó?

Agnes suspiró.

–Lo intentó. Pero Mel era muy impaciente y nunca le dedicaba el tiempo suficiente a las cosas para disfrutar de ellas. Rodrigo nunca dejó de animarlo para que experimentara el placer de conseguir logros. Lo quisimos con todo nuestro corazón desde el primer día y lo quisimos aún más por lo mucho que se esforzó.

–¿Así que no funcionó el plan de darle un hermano a Mel?

–Por supuesto que sí. Rodrigo le vino muy bien a Mel para superar su angustia y su mal carácter. Se convirtió en el hermano mayor al que Mel imitaba en todo. Así es como Mel acabó estudiando medicina.

–Entonces, debió de superar su impaciencia. Hace falta mucha perseverancia para convertirse en médico.

–No recuerdas nada de él, ¿verdad?

¿Qué significaba eso? Antes de poder contestar, Agnes suspiró y siguió hablando.

–Mel era brillante, podía hacer lo que se le metiera en la cabeza. Pero sólo Rodrigo sabía cómo motivarlo, cómo mantenerlo a raya. Cuando Rodrigo cumplió dieciocho años, se fue a vivir solo.

–¿Por qué? ¿No era feliz con ustedes?

–Nos explicó que su deseo de independizarse no tenía nada que ver con su amor hacia nosotros. Nos confesó que siempre había querido buscar sus raíces.

–¿Y pensaron que tan sólo estaba tranquilizándoles?

Los dulces rasgos de Agnes, que aún seguían mostrando la belleza que había sido, transmitían la ansiedad que en aquellos momentos sentía.

–Intentamos ayudarlo a buscar a su familia biológica, pero su método resultó ser más efectivo y supo dónde buscar. Tres años más tarde, dio con la familia de su madre y sus abuelos se alegraron mucho y lo acogieron en su gran familia con los brazos abiertos.

A Cybele no se le ocurría ningún motivo para que no fuera así.

–¿Averiguó quién era su padre?

–Sus abuelos no lo sabían. Habían tenido un fuerte enfrentamiento con su madre cuando se quedó embarazada y no les reveló la identidad del padre. Se fue de casa diciendo que nunca volvería a aquel mundo tan estrecho de miras. Una vez se les pasó el disgusto, la buscaron por todos los sitios y confiaron en que volviera a casa. Pero no volvieron a saber de ella. Cuando se enteraron de que había muerto hacía tanto tiempo, se quedaron devastados, pero se alegraron mucho de que Rodrigo los hubiese encontrado.

–¿Y fue entonces cuando se cambió de apellido y tomó el de ellos?

–No, nunca llevó nuestro apellido, siempre llevó el de su madre. Tuvimos que pasar muchos obstáculos para adoptarlo y cuando se dio cuenta de nuestros esfuerzos, nos dijo que dejáramos de intentarlo, que sabía que lo considerábamos nuestro hijo y que no necesitábamos probárselo. En aquel momento tenía once años. Después de encontrar a su familia, siguió insistiendo en que nosotros éramos su verdadera familia, ya que lo que nos unían eran los lazos del amor y no los de la sangre. No se cambió los apellidos legalmente hasta que estuvo seguro de que comprendíamos que encajaba mejor con su personalidad el llevar sus apellidos catalanes.

–Y aun así, ustedes seguían pensando que había salido de sus vidas.

Agnes dejó escapar una sentida exhalación.

–El día que nos dijo que iba a mudarse a vivir a España tan pronto como acabara sus prácticas como médico, fue el peor día de mi vida. Pensé que mis peores temores, se habían vuelto realidad.

Le sorprendió a Cybele que Agnes no dijera que el peor día de su vida había sido el de la muerte de Mel. Pero estaba demasiado absorbida por la historia como para dejarse llevar por aquel pensamiento.

–Pero no lo perdieron.

–No debí haberme preocupado, no con Rodrigo. Debería haber sabido que nunca nos abandonaría ni nos apartaría de su lado. Nunca dejó de estar pendiente de nosotros, incluso más que Mel, que vivía bajo nuestro mismo techo. A Mel nunca se le dio bien expresar sus sentimientos y lo hacía a través de cosas materiales. Probablemente fue por eso que... que…

Agnes se detuvo y apartó la mirada.

–¿Que qué? –preguntó Cybele, tratando de no sonar excesivamente curiosa.

Intuía que estaban llegando a un punto importante de la historia. A punto estuvo de suspirar frustrada cuando comprobó que Agnes ignoraba su pregunta y volvía al tema original.

–Rodrigo siguió cosechando éxitos y siempre se aseguró de que estuviéramos a su lado para compartir su alegría con él. Incluso cuando se mudó a vivir aquí, nunca permitió que sintiéramos que estaba lejos. Siempre estaba insistiendo en que nos mudáramos aquí para empezar unos proyectos con los que llevábamos años soñando. Nos ofreció todo lo que necesitáramos para establecernos aquí. Sin embargo, Mel dijo que España estaba bien para las vacaciones, pero que él era neoyorquino y que nunca podría vivir en ningún otro lugar. Aunque fue una decisión difícil, al final nos quedamos en Estados Unidos. Pero pasamos largas temporadas con Rodrigo y él viene a vernos siempre que puede.

Y ella debía de haberlo conocido en uno de aquellos viajes. Estaba convencida. Al igual que lo estaba de que aquella historia no había sido relatada antes a nadie. Estaba segura de que nadie le había dicho que Rodrigo era el hermano adoptivo de Mel. Ni siquiera los propios interesados se lo habían contado.

¿Por qué ambos habían silenciado aquel detalle?

Agnes tomó su mano ilesa.

—Lo siento, querida. No debería haber hablado tanto.

Lo más extraño de todo era que Agnes había hablado más del hijo que había encontrado treinta años atrás que del hijo que había perdido.

—Me alegro de que lo haya hecho. Necesito saber cualquier cosa que me ayude a recordar.

—¿Ha servido para algo? ¿Has recordado algo?

No era una simple pregunta acerca de su estado neurológico. Agnes quería saber algo que parecía tener que ver con lo que había empezado a contarle sobre Mel, pero que luego había dejado correr, como si se sintiera avergonzada.

—Alguna cosa puntual —respondió Cybele con cautela.

No sabía cómo volver al tema de conversación que sabía la ayudaría a averiguar lo que sentía acerca de Mel y Rodrigo.

Agnes se giró hacia el otro lado.

—Mira, ya vuelven.

Cybele siguió la mirada de Agnes y no pudo dejar

de sentir un nudo de frustración. Luego, vio a Rodrigo acercándose, avanzando con firmes y amplios pasos, y aquella visión le robó todo pensamiento.

De pronto, un puñado de imágenes se sobrepuso a aquélla. Se acordó de cuando Mel y ella salían con Rodrigo y una mujer diferente cada vez, a las que trataba con gran desinterés, en consonancia con su reputación de seductor.

Algo más surgió en su mente, como si una imagen desenfocada se volviera nítida: recordó cómo Mel se volvía exasperante cuando estaba con Rodrigo.

Si aquellos recuerdos eran ciertos, contradecían todo lo que Agnes le había dicho, todo lo que intuía acerca de Rodrigo. Lo mostraba como imprevisible e inconstante, como alguien incapaz de producir un efecto estabilizante en Mel. ¿Podía haber dejado pasar por alto aquel detalle influida por su carisma? ¿O había sido su atractivo, el desafío de su indisponibilidad, la ambición de ser quien domesticara al lobo? ¿Podía haber sido tan perversa y estúpida?

–¿Estás lista, Agnes?

Cybele se sobresaltó al oír la voz de barítono de Rodrigo.

Con un nudo en el estómago por todas aquellas conjeturas, observó cómo ayudaba a Agnes a salir del coche. Luego, se inclinó hacia ella.

–Quédate aquí –dijo y al ver que abría la boca para decir algo, rápidamente añadió–. Sin protestas, ¿recuerdas?

–Quiero hacer lo mismo que vais a hacer todos –murmuró.

–Ya has tenido suficiente. No debería haber dejado que vinieras.

—Estoy bien. Por favor.

Aquella agresividad volvió a aparecer en sus ojos. Luego, asintió y la ayudó a salir del coche.

No sólo quería estar allí con aquellas personas con las que sentía que tenía una intensa vinculación. También quería tener la oportunidad de seguir hablando con Agnes antes de que Steven y ella volvieran a tomar el avión de vuelta.

Cybele observó a Rodrigo dirigirse junto a Steve hacia el coche fúnebre, en donde otros cuatro hombres aguardaban. Uno de ellos era Ramón Velázquez, su cirujano ortopédico y el mejor amigo de Rodrigo, además de su socio.

Rodrigo y Ramón intercambiaron una mirada significativa antes de abrir la puerta trasera del coche fúnebre y sacar el ataúd. Los otros tres hombres los ayudaron y lo llevaron hasta la bodega del avión.

Cybele permaneció paralizada junto a Agnes, observando el cortejo fúnebre, con los ojos clavados en los rostros de Rodrigo y Steven. Ambos tenían la misma expresión, al igual que Agnes. Había algo más detrás de aquellos gestos.

Su cabeza daba vueltas con las suposiciones y todo pareció transcurrir a toda prisa hasta que el ritual acabó. Steven regresó junto con Rodrigo, y él y Agnes se despidieron de Cybele. Luego, los Braddock embarcaron y Rodrigo acompañó a Cybele hasta el Mercedes.

Acababan de salir del aeródromo cuando escucharon el rugido de los motores al despegar el avión. Cybele se giró para verlo pasar sobre sus cabezas, mientras el ruido disminuía y su tamaño menguaba.

Entonces, comprendió aquellas expresiones. Era la resignación que mostraban las familias de los pacientes que morían después de una larga enfermedad terminal. En el caso de Mel, su muerte repentina no había tenido nada que ver.

Algo más se le hizo evidente. Se giró hacia Rodrigo, que miraba por la ventanilla. Odiaba tener que importunar en su dolor, pero tenía que encontrar algún sentido a todo aquello.

—Rodrigo, lo siento, pero…

Él se giró hacia ella. Sus ojos recibían los rayos penetrantes del parabrisas trasero.

—No vuelvas a decir que lo sientes, Cybele.

—Sólo iba a disculparme por interrumpir tus pensamientos. Necesito preguntarte algo. No han preguntado sobre mi embarazo.

Aquello pareció sorprenderlo, pero permaneció impasible.

—Mel no se lo contó.

No había pensado en aquella posibilidad. De nuevo, otro giro.

—¿Por qué? Entiendo que no quisiera contarles de nuestra intención de tener un bebé empleando una técnica artificial de reproducción, por si acaso las cosas no salían bien. Pero una vez que todo fue bien, ¿por qué no contarles la buena nueva?

Por el modo de encoger los hombros, supo de su incapacidad para comprender los motivos de Mel. Parecía incómodo con aquella conversación.

Cybele no podía desaprovechar la oportunidad, así que insistió.

—¿Por qué no se lo has contado?

—Porque es a ti a la que le corresponde decidir si se lo cuenta o no.

—Son los abuelos de mi hijo, así que claro que quiero que lo sepan. Si hubiera sabido que no tenían ni idea, se lo habría contado. El saber que queda algo de su hijo, les dará cierto consuelo.

—Me alegro de que no hayas sacado el tema. No estás en condiciones de enfrentarte a una situación tan emotiva como es dar una información de ese calibre. Y en vez de proporcionarles el consuelo que crees, en este momento, la noticia sólo incrementará su dolor contenido.

No le había dado la impresión de que estuvieran padeciendo aquella clase de dolor.

Pero, ¿qué sabía? Sus impresiones podían ser tan confusas como sus recuerdos.

—Probablemente tengas razón —dijo ella—. Se lo diré cuando esté del todo bien y esté segura de que el embarazo va bien.

Él bajó la mirada.

—Claro —susurró.

Extrañada, lo miró. Detrás de todo aquello, había un misterio oculto que no era capaz de desentrañar.

—¿Podemos irnos a casa, por favor? —le suplicó.

Capítulo Seis

La llevó a casa, a su casa.

Condujeron desde el aeropuerto al centro de Barcelona y desde allí, tardaron una hora en llegar. Para entonces, el sol ya se estaba poniendo, bañando con su cálida luz la belleza de los paisajes de Cataluña.

Atravesaron unas puertas metálicas automáticas y continuaron avanzando por un camino. La belleza que los rodeaba era impresionante.

Cybele se giró para mirarlo. Había hablado lo justo, permaneciendo la mayor parte del camino en silencio. Ella también había permanecido callada, luchando contra las contradicciones de lo que le decía su corazón y de lo que recordaba. Deseaba poder preguntarle para disipar todas aquellas dudas.

Pero cuanto más pensaba en todo lo que Rodrigo había dicho y hecho, en todo lo que otras personas le habían contado en los últimos días, más sentido tenía la conclusión a la que había llegado: sus recuerdos debían de ser falsos.

Rodrigo la miró.

—Bienvenida a Villa Candelaria, Cybele —dijo después de unos segundos.

—Gracias —dijo conteniendo sus emociones—. ¿Cuándo compraste este lugar?

—Lo cierto es que lo mandé construir. Le puse el nombre de mi madre.

El nudo se le hizo más intenso cuando unas imágenes tomaron forma en su cabeza. Pensó en él como en el huérfano que nunca había olvidado a su madre y que había decidido construir aquel sitio y ponerle su nombre para que su recuerdo continuara siempre vivo y…

Si no paraba de pensar en aquellas cosas, en cualquier momento rompería a llorar.

–Este sitio parece enorme. No me refiero sólo a la casa, sino al terreno también.

–La construcción tiene casi tres mil metros cuadrados y el terreno más de ocho hectáreas. Y tiene un kilómetro y medio de costa. Antes de que pienses que estoy loco por construir un sitio tan grande para mí solo, déjame que te diga que lo construí con la esperanza de que se convirtiera en el hogar de muchas familias. Quería que cada una tuviera su espacio para que pudieran llevar a cabo los proyectos que quisieran. Aunque al final, no pudo ser.

Su rostro se ensombreció y Cybele sintió intriga. Al parecer, deseaba rodearse de familia, pero sus sueños se habían desbaratado. ¿Acaso sufría la misma soledad que ella sentía?

–Elegí este sitio por casualidad. Estaba paseando en coche un día cuando vi la cresta de una montaña asomar sobre este brazo de mar –dijo y Cybele miró hacia donde le señalaba–. El paisaje me fascinó y me imaginé una villa en mitad de esa zona rocosa, como si fuera parte de ella.

Ella hizo lo contrario, imaginándose aquella vista sin la magnífica villa que ahora se levantaba allí, como si formara parte de aquella intrínseca estructura.

–Siempre me imaginé el Mediterráneo con playas de arena.

–No en esta zona del noroeste de la Península Ibérica. Esta zona es característica por ser escarpada.

El coche se detuvo frente a unos amplios escalones de piedra de unos diez metros, en mitad de una de las mesetas que rodeaban la villa.

Al instante, Rodrigo la estaba ayudando a salir e insistió en que se sentara en la silla de ruedas que apenas había usado. Ella accedió y mientras la empujaba por la suave pendiente, se preguntó si habría sido usada por otros miembros de la familia o incluso por Mel, teniendo en cuenta su estado.

Apartó aquel interrogante de su cabeza y se concentró en el esplendor que rodeaba la villa. Por un lado, miraba hacia la magnífica extensión de viñedos y jardines, con el valle y las montañas a lo lejos, y por el otro, hacia el mar y la costa.

El patio daba a la parte más alta, una enorme terraza ajardinada iluminada con luces doradas que surgían por todas partes como si fueran flores.

Entraron dentro y Cybele fue contemplando el interior mientras la llevaba hacia las habitaciones que le había asignado.

Todo parecía haber sido elegido por su singularidad y comodidad, por su sencillez y grandiosidad, mezclando las formas de los espacios con cálidos tonos de pintura, techos altos y mobiliario en sintonía con la casa. Había puertas correderas y pilares coloniales que parecían emerger de los suelos de madera, acentuados por el mármol y el granito. Podía pasar semanas disfrutando de cada uno de los detalles.

Aquél era un lugar pensado por un hombre que deseaba tener cerca a su familia para sentirse en su hogar desde el momento en que pusiera un pie allí.

Rodrigo abrió la puerta, empujó la silla dentro de la habitación y la ayudó a levantarse. Una vez de pie, él apartó la silla de ruedas a un lado y tiró de dos enormes maletas que debían de haber sido transportadas hasta allí a la vez que ellos. Una la dejó en el suelo y la otra sobre un banco que estaba a la entrada de un gran vestidor.

Cybele se había quedado allí de pie, cautivada.

Él volvió a su lado y la tomó de la mano.

–Te prometo que te enseñaré la casa. Pero luego, más tarde. Ahora descansa. Son órdenes del médico.

Y con ésas, apretó suavemente su mano antes de darse media vuelta y marcharse.

En cuanto la puerta se cerró, dejó escapar una exhalación.

Se mordió el labio. Unas horas antes, había entregado el cuerpo de su marido a sus padres, pero lo único en lo que podía pensar era en Rodrigo. Se sentía culpable hacia Mel. Se sentía triste porque sabía que era la misma tristeza que sentiría ante la muerte de cualquier otra persona.

¿Qué le pasaba? ¿Qué les habría pasado a Mel y ella? ¿O es que acaso la lesión de su cabeza era peor de lo que había imaginado?

Dejó escapar otra exhalación, vaciando sus pulmones.

Todo lo que tenía que hacer era impedir que todos aquéllos que habían querido a Mel supieran lo poco que su muerte le había afectado. ¿Qué importaba lo que sintiera en el fondo de su corazón y de su cabeza si así evitaba hacer daño a los demás? No podía cambiar lo que sentía, así que debía dejar de sentirse mal. No servía para nada ni le hacía ningún bien a nadie.

Con aquel razonamiento, sintió que el peso de su corazón se había aligerado y el aire inundó sus pulmones.

La espaciosa habitación era una muestra de las últimas tendencias en decoración. Tenía las paredes pintadas en azul y verde, los techos en color marfil y el mobiliario de madera de caoba oscura. La estancia estaba iluminada por varias lámparas doradas. Las puertas correderas estaban abiertas y las cortinas se agitaban por la suave brisa marina, trayendo olores frescos y salinos. Cybele dejó escapar un suspiro para aliviar la tensión y se apartó de la puerta.

Luego, atravesó la habitación y se fue hacia las maletas. Aquélla era otra muestra más del cuidado exclusivo que le prodigaba Rodrigo. Estaba segura de que nunca había tenido cosas tan exquisitas y se preguntó qué habría dentro de ellas. Viendo la ropa que llevaba, no tenía ninguna duda de que estarían llenas de ropa de marca, de su talla y de su gusto.

Trató de mover la que estaba en el suelo, pero fue incapaz de hacer girar las ruedas. A continuación sintió unos fuertes latidos en su cabeza.

Pero, ¿qué le había comprado? ¿Armaduras de acero en diferentes colores? Había visto a Rodrigo manejar con ligereza ambas maletas a la vez, así que volvió a tirar de ellas.

–¡Quieta!

Se giró al oír aquella orden, sobresaltada.

Una mujer robusta de treinta y muchos años, inequívocamente española, acababa de aparecer en la habitación y se había alarmado al verla intentar levantar la maleta.

–Rodrigo me advirtió de que me lo pondría difícil.

Cybele parpadeó sorprendida cuando la mujer le

quitó el asa de la maleta y la colocó sobre la cama. Ella también la manejaba con ligereza.

La mujer la rodeó, derrochando vitalidad y energía con cada uno de sus movimientos.

—Me dijo que me causaría problemas y por el modo en que parecía estar intentado abrirse la herida de la operación, creo que estaba en lo cierto. Como siempre.

Así que no era ella sólo la que pensaba que Rodrigo era prácticamente infalible. Apretó los labios al intentar controlar la intensidad de la ira que se estaba acumulando en ella.

—No tengo ninguna herida que pueda abrirse, gracias a las técnicas revolucionarias que emplea Rodrigo.

—Tiene cosas ahí… —dijo la mujer señalando la cabeza de Cybele—, que podrían romperse, ¿no? Lo que se rompió antes, podría volver a romperse.

Tenía que reconocer que tenía razón, ahora que el dolor empezaba a remitir. Probablemente, al intentar levantar la maleta, había incrementado su presión intracraneal.

Al encogerse de hombros, recordó lo que Rodrigo le había contado. Había estado ocupada observando sus labios pronunciando cada sílaba y apenas había reparado en sus palabras.

Rodrigo le había dicho que Consuelo, la prima que vivía allí con su marido y sus tres hijos y que se ocupaba del mantenimiento de la casa, iría a verla enseguida para asegurarse de que no le faltara nada y de que cumpliera sus órdenes. Entonces, se había limitado a asentir, perdida en su mirada. Ahora, caía en la cuenta de lo que le había dicho.

Al parecer, no confiaba en que siguiera sus instrucciones, así que había asignado un ayudante para asegurarse de que fueran cumplidas. Y desde luego que había elegido muy bien al guardián.

Con una sonrisa en los labios, Cybele extendió la mano.

—Tú debes de ser Consuelo. Rodrigo me dijo que vendrías.

Consuelo estrechó su mano y tiró de ella para darle un beso en cada mejilla.

Cybele no supo qué la sorprendió más, si aquel saludo afectuoso o que Consuelo volviera a mostrar su desaprobación.

La mujer se cruzó de brazos sobre el abundante pecho que evidenciaba su vestido de flores.

—Parece que Rodrigo no se ha explicado bien, así que te lo aclararé. Llegas magullada y dolorida y no te dejaré hasta que estés en perfecto estado. Me aseguraré de que sigas las instrucciones de Rodrigo. No soy tan blanda y benévola como él.

—¿Blanda y benévola? —repitió Cybele incrédula, luego rió—. No sabía que hubiera dos Rodrigos. El que yo he conocido es intratable e inexorable.

Consuelo chasqueó la lengua.

—Si crees que Rodrigo es intratable e inexorable, espera que pases veinticuatro horas a mi lado.

—Los primeros veinticuatro segundos han sido suficientes.

Consuelo le dirigió una mirada asesina con sus ojos color chocolate.

—Conozco a las de tu clase. Una mujer que quiere hacerlo todo por sí misma y pretende arreglárselas sola le cueste lo que le cueste, sólo porque cree que se lo están imponiendo, es que odia aceptar ayuda aunque la necesite.

–Hablas como una experta.

–¡Maldita sea, es cierto! Una mujer cabezota e independiente sabe distinguir a otra.

Una carcajada escapó de la boca de Cybele.

–Cierto.

–Voy a contarle a Rodrigo acerca de tu comportamiento temerario. Probablemente te encadene por tu brazo bueno a mi muñeca hasta que te dé el alta.

–No es que no sea honor tenerte como mi… mi cuidadora, pero ¿puedo confiar en que lo mantengas en secreto?

–Sí y ya sabes cómo.

–¿No volviendo a intentar levantar las maletas?

–Y haciendo todo lo que te diga, cuando te lo diga.

–Ahora que lo pienso… Creo que me arriesgaré con Rodrigo.

–Ja, ja. Inténtalo de otra manera. Rodrigo me ha contado el día que has pasado o, mejor dicho, la semana. Así que durante la próxima, lo único que vas a hacer es dormir y descansar. Y comer.

Cybele rió mientras la mujer miraba la ropa que llevaba de arriba a abajo. Podía adivinar que no eran de su agrado.

Aquella mujer le haría bien. Estaba tan segura como Rodrigo de que así sería.

Consuelo la tomó del brazo sano y la acompañó a la cama. No dejó de hablar mientras le preparó un baño, le vació las maletas, le colgó la ropa en el vestidor y le dejó sobre la cama lo que debía ponerse. Cybele disfrutó oyendo aquella voz vibrante hablando en inglés con acento catalán. Para cuando la acompañó al baño, todo decorado en mármol, le había contado toda su vida. O al menos, todo lo que le había pasado desde que su marido y ella se habían convertido en los guardas de la casa de Rodrigo.

Cybele le aseguró que podía ocuparse sola y Consuelo insistió en que dejara la puerta abierta y en que dijera algo de vez en cuando para confirmar que estaba despierta. Por fin, murmurando algo en catalán, Consuelo salió del cuarto de baño.

Sonriendo, Cybele se desvistió. La sonrisa desapareció al ver su reflejo en el espejo.

Tenía la sensación de que antes había sido más corpulenta. ¿Habría perdido peso últimamente? ¿Por no ser feliz? Si así había sido, ¿por qué había planeado aquel embarazo y la luna de miel con Mel? ¿Qué pensaba Rodrigo de su aspecto? Pero no de su aspecto actual, que era decrépito, sino del de antes. ¿Era su tipo de mujer? ¿Acaso tenía un tipo? ¿Estaría con alguna mujer en aquel momento? Era incapaz de terminar un pensamiento sin enlazarlo con otro acerca de él. Se estremeció al imaginárselo con otra mujer.

¿Era una insensatez sentirse celosa, cuando hasta hacía ocho días había estado casada con su hermano?

Respiró hondo y se metió en el agua espumosa y aromatizada con esencia de jazmines y lilas. Al sumergir el cuerpo, dejó escapar un gemido y sintió como si todos los dolores, por profundos que fueran, salían a la superficie y se mezclaban a través de sus poros con las burbujas y el líquido sedoso que la envolvía.

Alzó la vista y vio una gran ventana enfrente de ella, por la que se veía un paisaje celestial. El cielo estaba de un color azul intenso y las nubes brillaban plateadas a la luz de la luna.

En medio de aquel esplendor, vio el rostro de Rodrigo y escuchó su voz entre el sonido del agua. Cerró los ojos y trató de romper el hechizo.

–Suficiente.

–¿Qué? –gritó Consuelo, obligando a Cybele a abrir los ojos.

No había ninguna duda de que aquella mujer tenía unos tremendos pulmones.

Rápidamente, dijo lo primero que se le vino a la cabeza para explicarse.

–Decía que voy a salir. Ya he tenido suficiente.

Y era cierto. Ya había tenido suficiente de muchas cosas. Y respecto de una de las cosas, esperaba hartarse pronto: de Rodrigo. Pero estaba segura de poder.

Era positivo enfrentarse a su debilidad. Si dejaba de sentirse decepcionada, podría controlar sus actos y sus respuestas, aceptar y tan sólo esperar la supervisión médica para la que estaba allí. Hasta que terminara. Y eso, inevitablemente ocurriría antes o después.

Rodrigo estaba fuera de la habitación de Cybele, con toda la atención puesta en cada sonido, en cada movimiento del interior.

Había tratado de irse, pero no había podido. Se apoyó en la puerta, conteniendo el deseo de entrar para ver y sentir por sí mismo que estaba viva y consciente.

Los días en los que Cybele había permanecido inerte en la cama del hospital lo habían alterado. Desde que despertara, apenas había sido capaz de alejarse de ella unos metros. Era todo lo que había podido hacer para no quedarse en su habitación permanentemente, como había hecho mientras estaba en coma. Había tenido que contenerse para no agobiarla con su preocupación y contar cada segundo de las tres horas que se había impuesto entre visitas.

Después, una vez en casa, había encontrado la manera de reprimirse, pidiéndole a Consuelo que se ocupara de ella.

De pronto, había oído el grito de Consuelo.

No había irrumpido en la habitación porque se había quedado paralizado por el miedo. Había tardado unos segundos en darse cuenta de que Consuelo había exclamado *quieta* y después, por la voces que le habían llegado desde el otro lado de la puerta, había entendido la situación.

Ahora oía hablar a Cybele desde el baño. En unos minutos, Consuelo la ayudaría a meterse en la cama y saldría. Tenía que irse antes de que eso ocurriera, pero todavía no.

Sabía que estaba siendo obsesivo y ridículo, pero no podía evitarlo. La herida estaba reciente y el dolor era profundo. No había podido ayudar a Mel y había muerto. Tenía que estar allí para Cybele. Pero no sólo por ella, sino porque tenía que controlarse para superar aquello.

Se había sentido como en una espiral hacia el infierno. Se había dado cuenta demasiado tarde de lo que había hecho al llevarla al aeródromo. Había visto a sus padres adoptivos después de meses sin apenas hablar con ellos, sólo para entregarles la prueba de su mayor fracaso: el cadáver de Mel.

La única cosa que mitigaba su dolor era la pérdida de memoria de Cybele. Aquello era bueno para ella y para él. No sabía si habría sido capaz de soportar su dolor si se hubiera acordado de Mel.

No podía pasar por alto cómo su carácter había cambiado. La mujer que había despertado del coma no era la misma Cybele Wilkinson que había conocido en el último año. Tampoco era aquélla de la que Mel había dicho que se había vuelto inestable y que, al parecer, había acusado a su marido de querer tenerla cerca sólo por conveniencia, para cuidarlo en su condición de médico, y que le había pedido un bebé como prueba de que la quería como esposa.

Al principio, a Rodrigo le había resultado imposible creer todo aquello. Nunca le había dado la impresión de que fuera insegura o dependiente. Más bien, todo lo contrario, aunque al final sus actos habían demostrado que Mel tenía razón.

Así que, ¿quién era realmente? ¿La mujer estable y abierta de los últimos días o la insoportable introvertida de antes del accidente de Mel? ¿O acaso la neurótica que le había hecho exigencias emocionalmente insostenibles cuando su hermano estaba a la deriva?

Si aquella nueva persona era la consecuencia de las lesiones del accidente, una vez sanara y recuperara su memoria, ¿volvería a ser como antes? ¿Desaparecería la mujer que en aquel momento estaba bromeando con Consuelo, la que lo había consolado con sus palabras y que había hecho que olvidara todo lo demás?

Se obligó a apartarse de la puerta. Consuelo le estaba preguntando qué quería de desayuno. En cualquier momento, saldría de la habitación.

Se marchó, dando vueltas a las hipótesis que le rondaban en su cabeza.

Más tarde, mientras observaba al extraño que desde el espejo del baño lo miraba, cayó en la cuenta de algo. Fueran cuales fuesen las respuestas o lo que pasara en adelante, no importaba.

Ahora, ella formaba parte de su vida.

Capítulo Siete

–No tienes amnesia postraumática.

Cybele se quedó sorprendida ante las palabras de Rodrigo.

La inverosimilitud de su comentario rivalizaba con el hecho de otra idea que aún no había podido asimilar: había hecho montar un pequeño hospital en su casa para poder seguir y evaluar a diario sus progresos. Excepto quirófano, allí tenía todo lo necesario: aparatos para hacer radiografías, resonancias magnéticas e incluso un escáner.

Aquello le parecía excesivo para seguir la evolución de las lesiones de su cabeza y de su brazo. Allí se podían llevar a cabo todas las pruebas necesarias para evaluar su estado y el de su embarazo. Luego, estaba la docena de exámenes neurológicos a los que la sometía cada día, además de las sesiones de fisioterapia para recuperar la movilidad de su brazo.

Acababan de terminar una de aquellas sesiones y se estaban dirigiendo al porche que había en la terraza que daba al mar, en la que había una barbacoa, para comer. Después, le había prometido seguir enseñándole la finca.

Rodrigo caminaba junto a ella, con el ceño fruncido y los ojos clavados en los resultados de las últimas pruebas. ¿Qué quería decir con que no tenía…?

Una terrible sospecha tomó forma, nublando la perfección del día. ¿Podría estar pensando que se había aprovechado de su repentina pérdida de memoria y que le había tomado el pelo durante las últimas cuatro semanas? O peor aún, ¿que nunca había sufrido una pérdida de memoria, que había sido lo suficientemente astuta como para fingir desde el primer momento?

—¿Crees que estoy fingiendo?

—¿Cómo?

Levantó los ojos lentamente y se quedó con la mirada perdida en el infinito, como si estuviera analizando sus palabras para comprenderlas. Entonces, cayó en la cuenta. Luego, se giró hacia ella, con el ceño fruncido.

—No —concluyó.

Cybele se quedó a la espera de que dijera algo más, pero él volvió su atención a los resultados de las pruebas.

—¿Qué quieres decir con que no tengo amnesia postraumática? Es cierto que no es un caso habitual, pero ¿qué otra cosa podría ser?

En vez de contestar, le sujetó la puerta de la terraza. En aquel cálido día del mes de marzo, Cybele no pudo evitar gemir al sentir la brisa salada del mar en el rostro y tuvo que sujetarse el pelo con la mano.

Rodrigo la miró mientras avanzaban, como si no hubiera escuchado su pregunta. Ella se estremeció, no por el fresco del viento, sino por la caricia de su mirada al contemplarla.

Al menos, así lo sintió. Probablemente fuera su imaginación y tan sólo la estuviera mirando perdido en sus pensamientos, sin reparar en ella.

De nuevo, Rodrigo volvió a fijar la mirada en los resultados.

–Volvamos a revisar tu estado, ¿de acuerdo? Comenzaste con amnesia total y poco a poco fuiste recuperando parcelas de memoria con lo que llamabas recuerdos esquemáticos. Pero no sufriste amnesia anterógrada, ya que no tuviste problemas para guardar los recuerdos después del accidente. Teniendo todo esto en cuenta, y que hace cuatro semanas que esas parcelas de recuerdos no se han fusionado…

–Querrás decir que no se han fusionado como debieran –lo interrumpió Cybele–. Incluso la gente que está supuestamente sana no recuerda todo lo que le ha pasado en la vida.

–Tienes razón, pero una amnesia postraumática que dura tanto, indica que hay un daño serio en el cerebro. Es evidente por tu estado y por todas las pruebas que no sufres ningún daño sensorial, motriz o de coordinación. No había oído hablar de una amnesia postraumática de esta magnitud. Ha podido ser provocada por el trauma, pero la mayor parte de tu pérdida de memoria es psicogénica y no orgánica.

Cybele se mordió el labio, pensativa.

–Así que estamos en lo que dije minutos después de recuperar la consciencia: quise olvidar.

–Sí, tú misma te diagnosticaste.

–No fue realmente un diagnóstico. Estaba intentando averiguar por qué no tenía otros síntomas. Cuando vi que no encontraba una explicación, pensé que había perdido mis conocimientos médicos o que la neurología nunca fue mi fuerte en mi vida paralela. Pensé que conocerías casos como el mío. Quizá resulte que no estoy amnésica sino histérica.

–La amnesia psicogénica no es menos grave que la orgánica. Es un mecanismo de supervivencia. Tampoco catalogaría el ingrediente psicogénico de tu pérdida de memoria como histérico, más bien funcional o disociativo. De hecho, no soporto lo que implica la palabra histérica y lo que se asocia a ella.

–Así que crees que tengo un tipo de amnesia funcional.

Serio, asintió.

–Sí, mira esto. Ésta es tu última resonancia magnética –dijo y ella estudió el papel–. Es una neuroimagen funcional. Al ver que las imágenes no mostraban cambios físicos en tu cerebro, me detuve a estudiar el funcionamiento. ¿Ves esto? –preguntó señalándole algo–. Esta actividad anormal en tu sistema límbico muestra tu incapacidad para recordar hechos traumáticos y estresantes. Los recuerdos son almacenados en tu memoria de largo plazo, pero el acceso a ella está impedido por algún mecanismo de defensa psicológico. La actividad anormal explica que hayas recuperado la memoria parcialmente. Pero ahora que estoy seguro de que no hay nada de lo que preocuparse desde el punto de vista orgánico, no me preocupa si la recuperación completa tarda en producirse.

–Si es que eso ocurre alguna vez.

Si él tenía razón, cosa que no dudaba, prefería que no pasara. Los enfermos de amnesia psicogénica incluían soldados y víctimas de abusos, violaciones, violencia doméstica, desastres naturales y ataques terroristas. Eran víctimas de situaciones de estrés psicológico, de conflictos internos o de situaciones insoportables. Seguramente ella había sufrido los tres tipos de situaciones y su mente había aprovechado para borrar con el accidente sus recuerdos de Mel y de su vida con él.

Pero eso no explicaba aún su embarazo y la luna de miel de la que iban a disfrutar cuando tuvieron el accidente.

–De todas formas, hay diversas teorías que intentan explicar la amnesia psicogénica, pero ninguna de ellas ha sido confirmada. Yo me inclino hacia la teoría que explica que es la falta de equilibrio bioquímico lo que provoca todo.

–Por eso eres neurocirujano y no neurólogo o psiquiatra. Tú prefieres indagar en el sistema nervioso, célula a célula, neurotransmisor a neurotransmisor.

–Admito que me gusta buscar cualquier señal o síntoma, físico o psicológico, que explique cómo ocurren las cosas en vez de por qué.

–Por eso eres un investigador y un inventor.

Él fijó la mirada en sus ojos durante unos segundos antes de volver a leer los resultados. El tono bronceado de su piel se intensificó.

¡Se había ruborizado!

Se había dado cuenta varias veces que, aunque estaba seguro de sus habilidades, no le gustaba ni soportaba la adulación, a pesar de tener motivos para sentirse superior y pretender ser tratado como tal.

Pero ruborizarse ante su comentario…

–Así que me inclino por las teorías que postulan que el procesamiento de recuerdos autobiográficos se bloquea al liberar el cerebro hormonas del estrés en situaciones de estrés crónico. La región del sistema límbico del hemisferio derecho es más vulnerable al estrés y al dolor por afectar a los receptores opioides, a las hormonas y a los neurotransmisores.

Cybele no pudo evitarlo y sonrió de oreja a oreja.

–Apuesto a que estás disfrutando mucho teniendo

una paciente médico. Imagina todo lo que tendrías que explicar a cualquier otro paciente para que lo comprendiera.

Rodrigo la miró sorprendido y luego esbozó aquella seductora sonrisa suya.

—Es una experiencia muy agradable poder explicar lo que estoy haciendo o lo que está pasando sin temor a que no me entiendan o a que me malinterpreten —dijo y sacudió la cabeza, poniéndose serio de nuevo—. Pero volviendo a lo que estábamos hablando, puede que hayas pensado que antes del accidente ya estabas lidiando con esta situación, pero según tu estado actual, no es así.

—¿Quieres decir que estaba predispuesta a sufrir amnesia psicogénica?

—No, lo que digo es que la horrible experiencia de un accidente aéreo, además del daño cerebral que has sufrido, afectó el equilibrio que habría mantenido tu memoria intacta ante cualquier presión psicológica que estuvieras sufriendo.

Ella arqueó una ceja, fingiendo indignación.

—Te estás esforzando mucho por encontrar una explicación neurológicamente factible y apoyada en complejas teorías y en expresiones médicas para enmendar el hecho de que me diagnosticaste como un caso perdido, ¿verdad?

—No, no es así —dijo y se detuvo al verla sonreír—. ¡Te estás burlando de mí! —exclamó incrédulo.

Ella rompió a reír.

—Sí, llevo un rato haciéndolo. Pero estabas tan concentrado en tus explicaciones, que no te has dado cuenta.

Rodrigo arqueó una ceja y le dirigió una mirada

calculadora mientras mostraba una sonrisa irresistible en los labios.

–Creo que he subestimado tu progreso. Pero ahora que estoy seguro de que tu cerebro funciona bien, de que cada tuerca y tornillo está en su sitio, puedo dejar de tratarte como a una muñeca de porcelana.

Cybele dejó escapar una carcajada. No dejaba de sorprenderla. No había dejado de pensar que era muy cerebral, un genio que no dejaba de trabajar, y de repente, de la nada, había mostrado su lado divertido. Era la persona más ingeniosa y bromista que jamás había conocido. Ahora recordaba toda su vida antes de Mel.

–Pensé que nunca conseguiría que te callaras –dijo ella secándose imaginariamente el sudor de su frente.

–No te alegres tanto. Hasta hace unos minutos, te habría dejado hacer cualquier cosa. Ahora, creo que ya no te mereces un trato preferencial, sino algún castigo por reírte de mis esfuerzos por parecer un sabelotodo.

–¿Qué puedes esperar de una pobre paciente con problemas en el sistema límbico? ¿Qué me harás? ¿Enviarme a mi habitación?

–Tendrás que comer lo que cocine. Pensaré algo cruel mientras la fase uno está en proceso.

–¿Quieres decir más cruel que obligarme a comer tu comida?

Rodrigo murmuró algo entre dientes y sus ojos brillaron con malicia. Ella rió y se sintió flotar, llevada por la diversión de sus bromas.

–Más despacio –dijo él preocupado, con su voz profunda.

Ella obedeció y esperó a que la alcanzara con aquellos pasos que eran diez veces más largos que los suyos.

–Pensé que ya no ibas a tratarme como a una muñeca de porcelana –dijo ella sonriéndole.

–A partir de este momento, te aplicaré el tratamiento de las piezas de la dinastía china Ming.

Rodrigo le pasó un brazo por la cintura mientras subían los escalones, haciéndola sentirse segura.

–Debí de haber imaginado que no cumplirías la declaración de mi independencia.

Rodrigo sonrió cuando llegaron junto a la barbacoa.

–Las historias acerca de tu independencia son exageradas.

Ella hizo una mueca, protegida bajo la sombra del toldo de una pérgola. Luego, Rodrigo la ayudó a sentarse y se dirigió a la zona de cocina para empezar a preparar la comida.

Cybele observó cómo se movía con desenvoltura mientras sacaba los utensilios y los alimentos, para después cortarlos con la precisión de un cirujano.

Cuando se fue dentro para buscar algunas cosas más, Cybele suspiró ante la interrupción de aquella vista placentera y paseó la mirada por las aguas turquesas del mar y por la playa que se extendía al otro lado de la zona rocosa.

Aquella tranquilidad que se respiraba la embargó. Más que un lugar normal, aquel sitio era toda una experiencia. Parecía aislado en el espacio y en el tiempo. Era el encuentro entre la grandiosidad de la Naturaleza y el hombre. Pero todo aquello no sería nada sin él. Era el estar con él lo que lo convertía en un paraíso.

Durante las últimas semanas habían recogido frutas y verduras del campo, habían comido en la amplia cocina o en el porche y habían hecho las sobremesas en el salón o bajo la pérgola de la enorme terraza. Lo había visto jugar al tenis con el incasable Gustavo y nadar en la piscina, disfrutando con cada uno de sus movimientos y deseando superar sus dolores y poder bañarse con él.

–¿Lista para el castigo?

Ella lo miró divertida.

–¿Será muy cruel?

–Mucho –dijo él mirando los boles de ensalada que llevaba entre las manos.

–Trae –dijo ella tomando el suyo y colocándoselo delante–. Reconozco que es colorida y… olorosa –añadió y trató de no reírse al tomar el tenedor–. No sabía que podían combinarse estos ingredientes.

Rodrigo se sentó frente a ella.

–No he oído ninguna queja mientras los preparaba y mezclaba.

–Ni siquiera sé bien de qué está compuesta la ensalada.

–Anda, come –dijo él.

Cybele se llevó un bocado a la boca y sintió el estallido de sabor.

–Será mejor que patentes esto –dijo mirándolo incrédula–. ¡Está buenísimo!

Él la miró, enarcando las cejas.

–Tan sólo intentas demostrarme que nada te desagrada, que no será un castigo porque eres capaz de comer cualquier cosa.

–¿Qué crees que tengo, doce años? –dijo y volvió a llenarse la boca.

Rodrigo ladeó la cabeza, pensativo.

–Así que te gusta.

–¡Me encanta! –exclamó ella–. El olor no me agrada del todo, pero remite una vez lo estás masticando al encontrarte con un sabor tan delicioso. Al principio, pensé que era pescado podrido.

—Es pescado podrido.

Cybele se quedó paralizada.

—Me estás tomando el pelo.

—No —dijo mirándola con intensidad—. Pero si te gusta, ¿qué más da lo que sea?

Se quedó pensativa unos segundos y luego volvió a tomar otro bocado.

Rodrigo rompió a reír y empezó a comer de su plato.

—Lo cierto es que es semipodrido. Se llama *feseekh* y es salmonete gris secado al sol y luego conservado en sal. Llegó a Cataluña de la mano de los bereberes desde Egipto. Pero estoy seguro de que soy el primero en mezclarlo con judías verdes y las bayas salvajes que cultiva Gustavo y que me da de vez en cuando, asegurándome que son el secreto para no necesitar a mis estimados colegas.

—O sea que me das una comida extraña, pero no me dejas caminar más rápido que una tortuga.

—Este alimento ha demostrado a lo largo de los siglos tener propiedades antibacterianas y digestivas. Soy la prueba viva de su eficacia. No he estado enfermo ni un solo día en los últimos veinte años.

Cybele lo miró alarmada.

—Espero no ser gafe.

Rodrigo echó la cabeza hacia atrás, riéndose.

—¿Eres supersticiosa? ¿Crees que me pondré enfermo por tentar a la suerte?

—¿Quién sabe? Quizá a la suerte no le gusten los fanfarrones.

–Lo cierto es que creo que al destino no le gustan los atrevidos –dijo y una extraña expresión asomó en su rostro–. Como no soy ni una cosa ni otra, soy un buen candidato para seguir estando en el lado bueno. Eso nos hace volver a centrarnos en ti. No hay ninguna necesidad de ir con prisa. Quizá no haya nada suelto en tu cabeza y, en caso de que te cayeras, lo peor que podría pasar es que te rompieras el otro brazo al tratar de evitarlo. Pero creo que tienes suerte por llevar un embarazo tan bueno. Puede que sea la manera que tiene el destino para compensarte por las heridas que has sufrido.

A veces, a Rodrigo se le olvidaba que estaba embarazada. Y no es que quisiera olvidarlo. Cuando lo recordaba, lo hacía con alegría imaginándose la vida que crecía dentro de ella y al bebé al que cuidaría y tanto querría. Él sería carne de su carne y la única familia que tendría. Si había algo que agradecer a Mel era el haberla convencido para concebir a aquel bebé. Pero puesto que no tenía ningún síntoma, a veces se le olvidaba.

–Creo que tienes razón –dijo ella sonriendo–. Pero puesto que no tengo nada suelto, será mejor que le digas a Consuelo que deje de perseguirme como si se me fuera a pasar algo.

Rodrigo giró la cabeza a ambos lados y miró por detrás de su espalda. Luego se dirigió a ella, poniéndose la mano en el pecho y mirándola con una expresión burlona.

–¿Me hablas a mí?

–Tú fuiste quien me la pegó a los talones –respondió sonriendo–. Tienes que decirle que me deje. Lo único que le falta hacer es lavarme los dientes.

–¿De veras esperas que me interponga entre tú y ella? Puede que sea el dueño de todo esto, pero al final, soy uno más marchando al ritmo que Consuelo marca.

–Sí, ya me he dado cuenta –dijo ladeando la cabeza–. Aquí las familias son matriarcales, ¿verdad?

Rodrigo se puso de pie y empezó a recoger los boles.

–Aquí, las mujeres mandan –dijo y se fue hacia la barbacoa.

Cybele se acomodó en su silla, relajada. Nunca antes se había reído así con él.

En aquellas semanas, tan sólo se había separado de ella para ir al trabajo. Y lo había hecho en helicóptero. Había disminuido sus horas de trabajo para quedarse el máximo tiempo a su lado. Ella había insistido en que no lo hiciera, en que estaba perfectamente sola o atendida por Consuelo, Gustavo y sus hijos.

Pero había dejado de protestar, segura de que Rodrigo no estaba desatendiendo su trabajo y de que lo tenía todo bajo control. Contra todo propósito, se deleitaba con sus mimos y deseaba poder recompensarlo. Pero él lo tenía todo y no necesitaba nada más que curar sus heridas emocionales.

Así que se limitó a estar allí para él, confiando en ver su recuperación. Parecía estar sanando. Su mal humor se había disipado y había dejado de mostrarse distante con ella. Al irse conociendo, había surgido una gran complicidad entre ellos. Cybele había compartido cosas con él que nunca pensó que pudiera compartir con nadie.

Había visto todas las cualidades por las que sus padres adoptivos le habían contado que lo habían elegido y muchas más. Tenía todo lo que admiraba en una persona y en un hombre, y la habilidad de hacer el bien para los demás.

Estaban de acuerdo en casi todo y cuando no lo estaban, discutían respetando el punto de vista del otro, tratando de entender la otra perspectiva.

Y cuando se paraba a pensar en todo lo que había hecho por ella, en cómo había sido su salvador, su protector y su apoyo, sencillamente le resultaba increíble.

Lo cual era el motivo por el que, de vez en cuando, la pregunta volvía a surgir en su cabeza: ¿dónde había estado aquel hombre antes del accidente? Por los retazos que recordaba, Rodrigo siempre había tratado a Mel con fastidio y a los demás con impaciencia. Pero cómo la había tratado a ella, sin apenas dirigirle la palabra y mirándola con desagrado, había sido lo peor.

Y siempre encontraba la misma respuesta, la misma conclusión a la que había llegado el primer día al llegar allí: sus recuerdos debían ser equivocados.

Aquél debía ser el verdadero Rodrigo.

–¿Lista para volver con tu cuidadora?

Se encontró envuelta en su abrazo protector y dejó que la ayudara a levantarse. Sintió la necesidad de mostrarle todo lo que era para ella y se estrechó contra su fuerza y calidez. Luego, levantó el rostro hacia él y con labios temblorosos pronunció su nombre.

–Rodrigo…

Capítulo Ocho

La voz susurrante de Cybele estremeció a Rodrigo, haciendo que afloraran todas las emociones y reacciones que había estado conteniendo. Todo su cuerpo se puso en alerta al sentirla junto a él. Deseaba tomarla en sus brazos y hacerla suya.

Pero no podía. ¿Cómo hacerlo sin perder la cordura? Con cada minuto en su compañía, había contenido todo deseo de dejarse llevar por la locura.

Anhelaba entregarse a ella y compartir cada instante de su rutina diaria y de sus preocupaciones profesionales hasta el más mínimo detalle. Cybele era mucho más de lo que nunca había imaginado. Era lo mejor que le había pasado. Cada vez que estaba lejos de ella, no podía dejar de pensar en el pasado y en las sospechas y antipatías que habían envenenado su vida y fomentado su intransigencia. Había querido odiarla y despreciarla, buscar algo malo en ella, y todo porque había sido la única mujer a la que había deseado, pero que siempre había estado fuera de su alcance.

Ahora, ya no lo estaba.

Había pasado de condenarla por atormentar a Mel con su inestabilidad a sospechar que todo había sido fruto de la mente retorcida de Mel. Y ahora que había visto cómo era, tenía sentido que un hombre en el estado de Mel hubiera interpretado sus muestras de amor como un chantaje emocional.

Después de que su relación se hubiera deteriorado aún más como consecuencia de la invalidez de Mel, era lógico que Mel le hubiera pedido dinero a Rodrigo para comprarle cosas que ni ella le había pedido ni deseaba. Mel había dicho que entendía sus necesidades, que se merecía alguna forma de compensación para animarla en aquella desesperante situación.

Pero había sido Mel el que había intentado satisfacerla con cosas materiales para calmarla, para expresarle su amor de la única manera que sabía, y evitar así que lo abandonara. Y cuando eso también había fracasado, había hecho todo lo posible para demostrarle que no la consideraba únicamente su enfermera y le había dado un bebé.

Rodrigo estaba convencido de que su actual pérdida de memoria se debía a un intento de su cabeza por protegerse del dolor que le causaría recordar a Mel y el amor desesperado y traumático que había sentido por él.

Después de llegar a esa convicción, no sabía si pensar que estaba siendo maravillosa porque su inconsciente veía en él lo que quedaba de Mel o porque no recordaba haber amado a su hermano. Cuando lo hiciera, quizá volviera a mostrarse fría y distante. Estaba convencido de que su frialdad había sido su manera de reaccionar ante la antipatía que le profesaba. Aunque a lo mejor había habido algún motivo por el que no lo había soportado y ahora, su mente, era incapaz de recordarlo. Quizá el accidente había sido el origen de aquellos cambios tan radicales en su personalidad.

Demasiados interrogantes cuyas respuestas tan sólo ella sabía ella, pero ya no recordaba. Y eso, lo estaba volviendo loco. ¿Y si su aversión volvía de nuevo y aquella persona a la que adoraba desaparecía cuando se recuperara del todo?

La tentación de confesarle sus sentimientos y hacerla suya era demasiado intensa.

La miró a los ojos. Parecían mirarlo con deseo. Podía alargar el brazo, rodearla, y sería suya. Parecía desearlo tanto como él a ella.

¿Pero sería así o pretendía reafirmar su vida después del accidente que se había llevado la de Mel? ¿Se estaba mostrando agradecida o simplemente le resultaba conveniente?

Cualquiera que fuera la razón, Rodrigo estaba convencido de que Cybele no era responsable de sus propios deseos ni capaz de tomar una decisión con tantas lagunas como había en su memoria.

También estaba su lado de la historia. No tenía ninguna duda de que estaría traicionando el recuerdo de Mel. Su hermano estaba muerto e incluso mientras estaba vivo, su relación con Cybele no había sido buena.

Aunque, ¿cómo poder resistirse? El deseo lo estaba consumiendo por dentro.

Tenía que pensar alguna distracción. Evitó tomarle su rostro entre las manos y acariciar su nariz, sus prominentes mejillas, aquellos labios tentadores… Deseaba saborearla y hundirse en ella…

Rápidamente, se apartó de la tentación.

–Tengo que volver al trabajo.

Cybele ahogó una exclamación al ver que se apartaba de ella y asintió, mordiéndose el labio.

Aquélla, era una excusa cobarde, pero tenía que hacer lo que fuera para permanecer alejado hasta que sanara y pudiera aceptarlo libremente.

–Antes de que se me olvide, quería decirte que he invitado a mi familia para que venga a visitarnos.

Cybele se quedó mirando a Rodrigo.

Durante unos instantes, mientras la sujetaba estrechándola contra él, había pensado que él sentía y deseaba lo mismo que ella. Había creído que la tomaría entre sus brazos y que nunca se volvería a sentir desamparada.

Todo había sido fruto de su imaginación. La furia y la irritación que se habían evaporado durante las últimas cuatro semanas, habían vuelto. Lo había malinterpretado. Aunque él sí debía de haber leído algo en ella. Era imposible que no hubiera advertido el deseo que sentía por él.

Pero se había apartado de ella como si temiera que le hiciera daño. Rodrigo había vuelto a dibujar una línea para mantenerla apartada.

Había invitado a su familia seguramente con la intención de no volver a quedarse a solas con ella, de que fueran sus carabinas. Ése debía de haber sido el motivo para invitarlos de manera tan inesperada. Justamente el día anterior habían estado hablando de sus familias y no había comentado nada acerca de sus planes. Incluso le había dicho que iba a ser el primer año en el que nadie fuera a pasar una temporada en su casa. Le había dado la extraña impresión de que incluso se había sentido aliviado por ello. Probablemente porque necesitaba evitar todas las distracciones que pudiera para asumir la muerte de Mel y asegurarse de que ella se recuperaba.

Pero su comportamiento irresponsable lo estaba

obligando a tener que soportar más distracciones, al verse obligado a tener allí a su familia, probablemente hasta que considerara que estaba lo suficientemente recuperada como para dejarla marchar. Lo que podía ocurrir en semanas o meses.

Tenía que dejar de apoyarse en él, de aprovecharse de su amabilidad y sostén, antes de que sus sentimientos fueran más profundos. Aunque tenía que reconocer que lo que sentía por él ya era muy intenso.

Lo que tenía que hacer era salir de la vida de Rodrigo para que dejara de sentirse responsable de ella. Tenía que recomponer su vida y pensar en cómo volver al trabajo con un hijo en camino, sin la ayuda de su madre, con quién estaba segura de que no podía contar.

Cybele no necesitaba a su madre. Hacía tiempo que había aprendido a no necesitarla. No era culpa de Rodrigo que dependiera de él emocionalmente, pero tenía que poner fin de manera inmediata a aquélla o a cualquier otra dependencia que pudiera tener de él.

Tenía que irse enseguida para que no tuviera que llamar a toda su familia para rescatarlo. Tenía que dejar de hacerle perder el tiempo y dejar que se concentrara en sus objetivos y logros.

En cuanto regresaron al interior de la casa, abrió la boca para decir algo, pero él se adelantó.

–Cuando me vine a vivir aquí, tuve la impresión de que a los catalanes les gustaba reunirse y celebrar cualquier ocasión. Me explicaron que se debía a que habían luchado tanto por su idioma y su identidad que siempre ponían todo su orgullo en preparar y disfrutar de sus celebraciones. Mi familia está muy unida y muy apegada a las tradiciones culturales. Construí este lugar hace cinco años y, desde entonces, se ha convertido en el lugar de las reuniones familiares en vez de la casa de mis abuelos. Sería una lástima interrumpir esa nueva tradición.

Cybele era incapaz de decir nada. Los recuerdos de aquellos festejos y reuniones familiares provocarían otra herida en su corazón una vez se marchara de allí. Se le formó un nudo en la garganta mientras la acompañaba como siempre a su habitación, explicándole las tradiciones de su familia, aquéllas que nunca había tenido y que nunca tendría.

–En la primavera y el verano se celebran muchas fiestas y carnavales –continuó él, sonriendo–. La próxima fiesta será el veintitrés de abril, el día de Sant Jordi, que es el patrón de Cataluña. Hay muchas versiones sobre su historia, pero la catalana cuenta que había un lago donde vivía un dragón al cual tenían que sacrificar una doncella cada día. Un día, Sant Jordi mató al dragón y rescató a la doncella de ese día. Se supone que en el lugar donde se derramó la sangre del dragón creció un rosal. Ahora, en ese día, las calles de Cataluña se llenan de puestos en los que se venden libros y rosas. La rosa es el símbolo del amor mientras que el libro es el símbolo de la cultura.

–Estoy segura de que será un día muy agradable en Cataluña y que…

Él la interrumpió.

–Desde luego que lo es. Todo el mundo participa en la fiesta. Cualquiera que pasee por las calles puede unirse. Otra celebración parecida es la de Nuestra Señora de Montserrat, el veintisiete de abril. Además de estas fechas, cada pueblo y ciudad tiene su propio patrón al que rendir homenaje. Estas celebraciones son las principales, con desfiles de gigantes hechos de papel cuché, fuegos artificiales, bandas de música y muchas cosas más. Puede que mi familia se quede hasta el veinticuatro de junio, el día más largo del año por coincidir con el solsticio de verano y la fiesta de san Juan. Ese día se encienden hogueras a la caída del sol con la creencia de que así se alejan las enfermedades, la mala suerte y toda clase de desgracias.

Cybele volvió a intentar hablar.

—Parece que os espera mucha diversión a tu familia y a ti...

—Y a ti también. Te gustará esta época del año por su energía y diversión.

—Estoy segura, pero no creo que me quede. Quizá en otra ocasión...

Sintió que clavaba los ojos en ella, como si fueran dos fuertes brazos sujetándola con fuerza.

—¿De qué estás hablando?

Ella siguió caminando, tratando de no ceder al impulso de mirarlo y ver cómo había perdido su inquebrantable compostura. Era una estúpida. Aún seguía deseando ser para él más que una obligación.

—Según los resultados de las últimas pruebas, y puesto que tú no lo harás, voy a darme el alta. Es hora de volver a mi vida y a mi trabajo.

—¿Y cómo vas a hacer eso? —preguntó y la hizo detenerse en mitad del pasillo que conducía a su habitación—. Eres zurda y apenas puedes mover los dedos. Van a pasar semanas antes de que puedas valerte por ti misma y meses hasta que puedas volver al trabajo.

—Muchas personas con incapacidades más serias se ven obligadas a arreglárselas solas y consiguen...

—Pero no sólo tienes que preocuparte de ti. Vas a

tener un bebé. Y no tienes por qué arreglártelas sola. No lo permitiré y no estoy dispuesto a dejarte marchar. Es la última vez que tenemos esta conversación, Cybele Wilkinson.

Su corazón comenzó a agitarse con fuerza con cada una de sus palabras, como si fueran las alas de un colibrí.

Trató de convencerse de que era una tontería sentirse de aquella manera. Aunque tenía que reconocer que Rodrigo tenía razón, no debía dejarse convencer por sus tácticas. Pero una voz en su interior le decía que olvidara la decisión que había tomado apenas unos minutos antes y que disfrutara de todo el tiempo que pudiera pasar con él. No era lo suficientemente fuerte como para desaprovechar un segundo en su compañía y en la de su familia.

Su sentido del deber no le permitiría dejarla marchar sin estar seguro de que podía arreglárselas sola. También estaba convencida de que estaba dispuesto a soportar tenerla allí. Si no, se habría alegrado ante su idea de marcharse. Había propuesto irse y él había dicho que no. Y había sido una negativa rotunda.

Aun así, algún diablillo en su interior no le dejaba aferrarse con tranquilidad a la oportunidad de su vida.

—De acuerdo, es evidente que crees tener razón y…

—Tengo razón.

—…pero eso no significa que esté de acuerdo sin más —continuó Cybele sin permitir que la interrumpiera—. Vine aquí como alternativa a quedarme en tu hospital y convertirme en un conejillo de indias. Pero si me hubiera quedado allí, hace tiempo que me habrías dado el alta. Nadie se queda ingresado hasta que sus fracturas sanan completamente.

–¿Disfrutas malgastando energías, Cybele? Hemos quedado en que cuando tomo una decisión…

–… decir que no, no es una opción –dijo terminando la frase de Rodrigo y sonriendo–. Pero ésa fue una decisión basada en la situación médica de hace un mes. Ahora que mi diagnóstico dice que no tengo ningún tornillo suelto, debería seguir con mi vida.

Se quedó a la espera de que le devolviera la sonrisa, se opusiera a su argumento y la arrastrara a otro enfrentamiento verbal, sólo por prolongar la discusión y la diversión.

Pero no hizo ninguna de aquellas cosas. Ni sonrió ni discutió. Se quedó mirándola pensativo, como si estuviera tomando una decisión.

–Muy bien, Cybele. Tú ganas. Si insistes en irte, adelante, vete.

Su corazón empezó a dar vueltas en una espiral. Rodrigo se estaba dando la vuelta para irse. Se había equivocado al pensar que no tomaría un no por respuesta.

Quería gritar que retiraba todo lo dicho, que sólo estaba intentando hacer lo que pensaba que debía hacer, que quería reafirmar su independencia para quitarle la carga de tener que ocuparse de ella.

Pero no dijo nada. No podía hacerlo. No tenía derecho a pedirle más. Le había dado mucho más de lo que nadie podía haberle dado. Le había devuelto la vida y era el momento de que ella le devolviera la suya, después de haberla monopolizado.

Se dio media vuelta, sintiendo un bloque de hielo entre la garganta y el corazón.

Tomó el pomo de la puerta y de pronto oyó su voz.

–Por cierto, Cybele, buena suerte con Consuelo.

Se quedó paralizada. La estaba mirando desde el otro lado del pasillo, iluminado por la luz que entraba por las ventanas. Parecía el arcángel que había creído que era. Sus labios estaban curvados.

¡La estaba tomando el pelo!

No quería que se fuera y no había aceptado que lo hiciera.

Antes de que pudiera hacer algo estúpido como correr y arrojarse a sus brazos, Consuelo apareció por detrás de Rodrigo avanzando como un misil por el pasillo.

–¿Estás intentando estropear mi trabajo? ¡Siete horas dando vueltas! –dijo Consuelo y miró a Rodrigo con desagrado–. ¿Y tú? ¿Permites que tu paciente lleve la batuta?

Rodrigo se quedó mirándola con expresión divertida, antes de guiñarle el ojo a Cybele. Luego, se dio media vuelta y se fue, haciendo retumbar sus pasos en el pasillo.

Consuelo la hizo entrar a la habitación y Cybele se entregó a su cuidado y a sus regañinas.

Echaba de menos tener una madre que se preocupara de ella y, de momento, intentaría disfrutar de las atenciones de Consuelo, y de los mimos y la protección de Rodrigo.

Todo podía terminar muy pronto.

Pero todavía no.

Capítulo Nueve

Rodrigo estaba de pie, observando la procesión de coches que se acercaba. Su familia había llegado.

Ni siquiera había pensado en ellos desde el accidente. En su cabeza, sólo había podido pensar en Cybele y en Mel, y en su relación con ellos en el último año.

Se había acordado de ellos al necesitar su presencia para mantener apartada a Cybele. Y se había encontrado con su merecido por ignorarlos durante tanto tiempo: todos tenían otros planes.

Había acabado suplicándoles que fueran, sin mencionar el motivo que había detrás de su desesperación. Seguramente, lo imaginarían en cuando la vieran con él.

Al final, había conseguido que fueran y que le prometieran que se quedarían todo el tiempo posible.

Esta vez, se preguntó si sobreviviría.

Sus abuelos salieron de la limusina que había enviado para recogerlos, seguidos de tres de sus tías. De los otros coches salieron sus primos y sus familias, además de un puñado de sobrinos.

Cybele salió por las puertas correderas. Rodrigo apretó la mandíbula para contener la intensidad de su reacción. Llevaba luchando contra aquella sensación tres días, desde su última conversación. Cada noche, había estado a punto de irrumpir en la habitación de Cybele. El ofrecerle algo más que una amistad lo excitaba más que si se hubiera insinuado descaradamente.

Ahora, caminaba hacia él con su andar enérgico, vestida con unos vaqueros y una blusa azul de manga larga.

Por el modo en que sus hormonas se agitaban, era como si se acercara vestida tan sólo con ropa interior y tacones.

La contención en la que vivía estaba empezando a causarle estragos. Necesitaba ayuda. Necesitaba la invasión de su familia para mantenerse apartado de la puerta de Cybele y evitar llevársela a su cama.

—Ven, voy a presentarte a mi tribu —dijo antes de que ella pudiera decir nada y atormentarlo con sus labios.

Sí, tribu era la palabra adecuada, pensó Cybele.

Se quedó junto a Rodrigo, mientras contaba hasta treinta y ocho personas, entre hombres, mujeres y niños. Allí habría cuatro generaciones de Valderramas.

Era increíble cómo podía crecer una familia.

Rodrigo le había contado que su madre lo había tenido con diecinueve años y que ella había sido la primogénita de Esteban e Imelda, que se habían casado con veintipocos años. Ahora que él tenía treinta y siete, sus abuelos debían estar a punto de convertirse en octogenarios, si bien apenas aparentaban sesenta.

Se fijó en su abuelo. Era sorprendente el parecido con Rodrigo. Así sería su aspecto dentro de cuarenta años: increíblemente saludable.

Su corazón se encogió ante el repentino y estúpido deseo de envejecer con Rodrigo, de seguir con él a aquella edad avanzada.

Se quedó contemplando cómo saludaba a cada uno de los miembros de su familia con sonrisas y abrazos. Otro deseo le asaltó: ser alguien al que él recibiera con tanta alegría. Envidiaba a todos aquéllos que corrían a sus brazos y que contaban con su cariño incondicional.

Luego, se giró hacia ella, rodeado por niños de diferentes edades y le sonrió, invitándola a unirse a aquella muestra de afecto familiar.

Enseguida respondió a su invitación y fue recibida con el mismo entusiasmo por su familia.

En las siguientes ocho horas, no dejó de hablar y de reír, comió y bebió más de lo que lo había hecho en los tres últimos días y escuchó todas y cada una de las historias que aquellas personas fueron relatando.

Durante todo aquel tiempo fue consciente de que Rodrigo la observaba, incluso cuando estaba hablando con algún familiar. Ella tampoco dejó de prestar atención a cada uno de sus movimientos, sin perder el hilo de las conversaciones en las que participaba. Disfrutaba viéndolo tan relajado y disfrutando de la compañía de aquellas personas que tanto lo querían. No dejó de sonreírle, mostrándole lo mucho que se alegraba por él, a la vez que intentaba que lo que sentía por él no se notase.

Estaba absorta conversando con Consuelo y dos de las tías de Rodrigo, Felicidad y Benita, cuando él se puso de pie y salió de su campo de visión. Tuvo que contenerse para evitar levantarse y seguir sus movimientos. Pero lo sintió a su espalda. Sentía su cercanía como una onda de electromagnetismo, haciendo que su vello se erizase y que sus nervios se tensaran. Confiaba en que su aspecto no delatara que era una mujer atormentada física y emocionalmente.

Sus manos se posaron en sus hombros y se las arregló para no dar un salto.

—¿Quién está dando demasiada libertad a su paciente?

Cybele alzó la mirada y lo encontró mirando a Consuelo. Un intenso deseo de tirar de él y devorar la sonrisa de sus labios se formó en su estómago.

Las tres mujeres comenzaron una batalla dialéctica con él, que supo responder con ocurrencia a cada uno de los argumentos hasta que todos acabaron riendo sin poder parar. Ella también rió, aunque no tan abiertamente. Estaba ocupada con cada uno de los estremecimientos que sus manos le producían, cada vez que le acariciaba el pelo sobre los hombros.

En un momento dado, él se inclinó y le habló al oído.

—A la cama.

«Sí, por favor», pensó ella.

Se levantó y todo el mundo le dio las buenas noches. Insistió en que no necesitaba que la acompañara a su habitación y que se quedara con su familia. No tenía fuerzas para volver a ponerse en ridículo de nuevo.

Para cuando llegó el día de Sant Jordi, la familia de Rodrigo llevaba allí cuatro semanas. Junto a las semanas que había pasado con él, aquéllos habían sido los días más felices de su vida.

Por primera vez comprendía lo que era tener una familia y lo que suponía ser aceptada como un miembro más de aquella armonía.

No sólo la habían aceptado, sino que le habían transmitido su pasión por la vida. Los miembros de más edad la trataban con la misma indulgencia que a Rodrigo y los más jóvenes con alegría y curiosidad, encantados de conocer a alguien nuevo e interesante. Apenas podía recordar cómo era su vida antes de conocerlos y de que la recibieran como a uno más de ellos. No quería recordar la época en la que Rodrigo no había llenado su corazón.

Él, siendo una persona tan magnífica como era, se había dado cuenta de la melancolía que invadía a Cybele y le había preguntado una vez más si no había forma de que las diferencias con su familia pudieran ser resueltas. Había llegado incluso a ofrecerse como mediador.

Después de contener el impulso de cubrirlo de besos, le había contado que no había ningún malentendido o problema que resolver, que todo era una cuestión de distanciamiento.

La parte buena era que había superado el dolor de sentirse una hija no deseada. Por fin lo había logrado al comprender la postura de su madre. Ella era el resultado de un matrimonio fracasado y el recuerdo constante de la mayor equivocación y los peores años de su madre. A pesar de que contaba con seis años cuando su padre murió, había tardado años en superar su muerte y había llegado incluso a decirle a su madre que habría preferido que se hubiera muerto ella.

También comprendía la postura de su padrastro, un hombre que se había encontrado con la hija insoportable de otro hombre como condición para tener a la mujer que quería. Tan sólo eran humanos y no podía culparlos.

Otra buena noticia era que su madre había vuelto a llamarla y, aunque lo que le había ofrecido estaba lejos de parecerse a los vínculos que Rodrigo compartía con su familia, quería que su relación mejorase. Aunque nunca sería lo que le habría gustado, decidió poner de su parte y aceptar.

En aquel momento estaba en la playa, viendo a los niños volar sus cometas y hacer castillos en la arena. Fijó aquella imagen en su cabeza para cuando volviera a su vida monótona y aburrida.

No, su vida no volvería a ser así. Cuando saliera de la órbita de Rodrigo, su bebé llenaría su vida y…

–¿Dónde está tu libro?

Se dio la vuelta y se encontró con Imelda. Era una mujer risueña a la que había llegado a apreciar mucho en tan poco tiempo.

Imelda llevaba un vestido verde del tono de sus ojos, el mismo que había heredado Rodrigo. De nuevo se sintió cautivada por su belleza y se preguntó cómo debía de haber sido en sus años de juventud.

Cybele reparó en el libro que Imelda tenía en la mano.

–¿Qué libro?

–El día de Sant Jordi es el día de los libros y las rosas.

–Ah, sí, Rodrigo me lo contó.

–Los hombres regalan rosas a las mujeres y las mujeres, libros a los hombres.

Su corazón dejó de latir unos segundos.

–Ah, no sabía eso.

–Pues ahora lo sabes. Vamos, muchacha, elige un libro. Los hombres volverán enseguida.

–¿Dónde elijo un libro?

–En la biblioteca de Rodrigo.

–No puedo ir y tomar un libro de su biblioteca.

–Le gustará que lo hagas. Además, lo que elijas es lo que tendrá sentido cuando se lo des.

¿Por qué le sugería Imelda que le diera un libro a Rodrigo? ¿Se habría dado cuenta de lo que sentía por él y estaba intentando emparejarlos? Rodrigo no había traicionado sus sentimientos. No se había mostrado con ella más cariñoso de lo que lo hacía con sus primas.

–¿Así que la mujer elige al hombre al que quiere regalarle un libro?

–Puede hacerlo. Lo normal es que elija al hombre más importante de su vida.

Imelda sabía que Rodrigo lo era para ella. Podía leerlo en sus ojos. Había un brillo en ellos que le decía que no tenía que molestarse en negarlo.

Cybele no podía hacer eso. Sería imponerse a Rodrigo. Probablemente sabía lo que ella sentía, pero una cosa era sospecharlo y la otra saberlo sin ninguna duda. Además, él no le daría una rosa. Si lo hacía sería porque todas las mujeres estaban allí con sus maridos y ella estaba sola. No era la mujer más importante de su vida.

Pero después de volver a la casa con Imelda y separarse de ella, se dirigió veloz a la biblioteca para elegir un libro. Al salir, tuvo que pararse a comentar el libro escogido con cada una de las mujeres con las que se cruzó en su camino.

Más tarde volvieron los hombres con un montón de platos preparados de deliciosa comida. Cada uno de ellos tenía una rosa roja para su mujer, a excepción de Rodrigo.

Su corazón latió con tanta fuerza que se sintió

aturdida. No tenía derecho a sentirse decepcionada y, menos aún, a avergonzarlo, así que decidió que le daría el libro a Esteban.

Luego, se fue y sus pasos la llevaron hasta Rodrigo. Aunque no había nada entre ellos y nunca lo habría, él era el hombre más importante de su vida y todos los sabían.

Mientras se acercaba, Rodrigo la observó con aquella intensidad que siempre le hacía estremecerse.

Se quedó a un paso y le ofreció el libro.

—Feliz día de Sant Jordi, Rodrigo.

Él tomó el libro y fijó los ojos en él, ocultándole su reacción. Había elegido un libro sobre aquellos hombres que habían aportado algo a la medicina en el último siglo. Rodrigo buscó su mirada, sin estar seguro del significado de su elección.

—Es sólo un recordatorio —dijo Cybele—. Entre los grandes médicos de este siglo, estarás tú.

Sus ojos brillaron con tanta intensidad, que Cybele estuvo a punto de caerse al suelo. Entonces, Rodrigo le ofreció su mano y la atrajo hacia él. La rodeó por la espalda y le sujetó la cabeza. Luego, le dio un beso en la frente.

—Muchas gracias, querida. Para mí es suficiente con que tú lo creas así.

Al segundo siguiente la soltó y, llamando a los demás, comenzó a animar las celebraciones.

Cybele no sabía qué hacer después de aquel abrazo, de aquel beso y de aquellas palabras. Era incapaz de reaccionar. Ni siquiera era capaz de recordar lo que había hecho o dicho en las últimas horas.

—Venga, vamos a bailar la sardana, nuestro baile tradicional.

Cybele sonrió al verlo tan desinhibido.

La banda la componían once músicos. Todos ellos habían tomado sus puestos en el improvisado escenario que se había colocado en la terraza que daba al jardín y en la que se había montado una pista de baile.

–La sardana no es lo mismo sin música en directo. Esta banda viene de un pueblo cercano y la forman cuatro oboes, dos trompetas, dos trompas, un trombón y una batería.

–¿Y qué instrumento toca ese muchacho, que parece una flauta con un pequeño tambor adosado bajo su brazo izquierdo?

–Es un flabiol, una flauta de tres agujeros que toca con su mano izquierda mientras que con la derecha toca el tamborí. Él es el que marca el ritmo.

–¿Por qué no tener doce músicos, en vez de complicarse tocando con dos instrumentos a la vez?

Rodrigo sonrió.

–Es una tradición que algunos dicen que tiene más de dos mil años. Pero espera a verlo tocar. Creerás que es la cosa más sencilla del mundo.

Cybele reparó en su brazo en cabestrillo.

–Una cosa es segura y es que no soy la mejor candidata para tocar el flabiol tamborí ahora –dijo sonriendo.

Él la tomó por la barbilla y le hizo levantar la cara para mirarlo.

–Pronto estarás bien –dijo y antes de que Cybele pudiera atraerlo hacia ella y consumar el beso que tanto deseaba, se giró–. Ahora, presta atención. Van a bailar la primera tirada y nosotros nos uniremos en la segunda. Los pasos son muy sencillos.

Cybele suspiró y se obligó a prestar atención al círculo de danzantes que se estaba formando.

–Normalmente se colocan hombres y mujeres alternativamente, pero tenemos más mujeres que hombres aquí, así que no será una configuración tradicional.

–Las mujeres mandan –dijo ella, repitiendo la expresión que él mismo había utilizado con anterioridad.

Rodrigo rompió a reír al escuchar aquella frase y observó cómo las mujeres decían a sus maridos e hijos dónde colocarse.

–Así es.

La danza empezó y Rodrigo le enseñó los pasos, antes de unirse a los demás. Todo era como un sueño, un sueño en el que se sentía más viva que nunca. Un sueño en el que estaba junto a Rodrigo, en el que era parte de él, en sintonía con la música, con su familia y con el mundo entero.

Pero, como en todo sueño, las celebraciones llegaron a su fin.

Después de dar las buenas noches a todo el mundo, Rodrigo la acompañó como de costumbre a su habitación y se separó de ella a unos metros de la puerta.

Tras dar dos pasos en la habitación, se quedó de piedra. Se quedó boquiabierta, sin que sus pulmones fueran capaces de respirar.

Por todos los sitios había rosas rojas. Ramos y ramos de rosas allí donde mirara.

Salió a toda prisa tras él, pero ya se había ido.

Se quedó en mitad del pasillo, deseando encontrarlo y cubrirlo de besos.

Pero si no se había quedado a la espera de ver su reacción, quizá no había imaginado que fuera a ser tan intensa. Quizá también había hecho llenar de flores las habitaciones del resto de mujeres, lo cual no la sorprendería. Nunca antes había conocido a nadie con aquella generosidad.

Volvió a entrar en su habitación. La explosión de belleza, fragancia y color volvió a envolverla.

De nuevo, volvió a sentir la necesidad de ir a buscarlo, así que tomó la chaqueta y salió.

Su olor la llevó hasta la terraza de la cubierta del edificio.

Estaba de pie, junto a la balaustrada mirando el mar agitado. Bajo el brillo plateado de la luna, parecía un caballero solitario.

Se detuvo a unos metros de Rodrigo. Él no se giró, sino que permaneció quieto como una estatua. Por el fuerte sonido del viento era imposible que hubiera oído sus pasos ni su respiración pesada. Pero sabía que podía sentirla y que estaba esperando que ella rompiera el hielo.

—Rodrigo —dijo y su nombre se disipó en el viento.

Entonces, él se dio la vuelta. Sus ojos verdes brillaron en la oscuridad. Ella se acercó más, absorbida por su porte. A un paso, buscó su mano, aquélla que la había salvado y que a diario cambiaba la vida de muchas personas. Quería llevársela a los labios, pero se limitó a estrecharla entre las suyas.

—Además de todo lo que has hecho por mí, tus rosas son el mejor regalo que he recibido nunca.

Sus ojos evidenciaron que su gratitud lo hacía sentirse incómodo.

—Tu libro es mejor que todas esas rosas —dijo él por fin.

Una sonrisa asomó a los labios de Cybele.

–Te cuesta escuchar cómo te dan las gracias, ¿verdad?

–Los agradecimientos están sobreestimados.

–Nada sincero puede estar sobrevalorado.

–Hago lo que quiero hacer, lo que me gusta. Y nunca hago cosas con intención de obtener algo a cambio.

¿Pretendía decirle que su regalo no tenía ningún significado especial y que no se hiciera ilusiones?

Eso no cambiaría nada. Lo amaba con todo su corazón y estaba dispuesta a darle todo lo que quisiera. Pero si él no quería tomarlo, lo único que le daría sería su gratitud incondicional.

–Te doy las gracias porque quiero, porque me agrada hacerlo. Y no quiero nada a cambio, tan sólo que las aceptes. Tú me has dado las gracias por el libro, ¿verdad?

Sus labios se curvaron en una de sus incómodas sonrisas.

–No recuerdo haberte dado opción para aceptarlas o no.

–Tienes razón –dijo Cybele y sin previo aviso, tiró de su mano.

El asombro lo hizo avanzar con torpeza la corta distancia que los separaba, así que acabó pegado a ella de pecho a rodillas. Cybele soltó su mano y lo rodeó por la nuca, deseando poder abrazarlo con ambos brazos. Lo besó en la frente y sus labios pronunciaron su nombre. Luego continuó besándolo por la nariz y… un teléfono móvil comenzó a sonar.

Tras unos segundos de confusión, cayó en la cuenta de que era el sonido de su teléfono móvil, que estaba en su chaqueta. Rodrigo se lo había dado y sólo él la había llamado hasta el momento. ¿Quién podía estar llamándola?

–¿Esperas alguna llamada? –preguntó él.

–No sabía que nadie tuviera este número.

–Seguramente se habrán equivocado.

–Sí, seguramente. Espera un segundo.

Cybele sacó el teléfono y apretó el botón para contestar.

La voz llorosa de una mujer se oyó al otro lado de la línea.

–¿Agnes? ¿Qué ocurre? –preguntó–. ¿Estáis bien Steven y tú?

Rodrigo contuvo el deseo de quitarle el teléfono de las manos para escuchar directamente las malas noticias.

–Sí, sí, no es eso.

Cybele tapó el micrófono del aparato y se dirigió a Rodrigo.

–Los dos están bien. Es otra cosa.

El susto de Rodrigo disminuyó, pero no la tensión. Dejó que Cybele atendiera la llamada sin dejar de prestar atención por si su intervención se hacía necesaria.

Agnes continuó.

–Odio tener que pedirte esto, Cybele, pero si recuerdas tu vida con Mel, puede que sepas cómo pasó esto.

–¿Cómo pasó el qué?

–Mucha gente nos ha llamado para decirnos que Mel les debía mucho dinero. Y el hospital en el que trabajabais dice que la financiación que ofreció a cambio de ser nombrado jefe del departamento de cirugía ha sido retirada y que los proyectos que estaban en marcha han incurrido en pérdidas de millones. Todo el mundo nos va a demandar, a ti y a nosotros, como sus sucesores y herederos.

***

–¿No recuerdas esas deudas? –preguntó Rodrigo.

Cybele sacudió la cabeza, sintiéndose afligida por lo que acababa de escuchar.

No parecía que Rodrigo la creyera. Además, le había dado la impresión de que Agnes tampoco le había creído. ¿Acaso pensaban que Mel había incurrido en todas aquellas deudas por su culpa? ¿Sería así? Pero, ¿cómo, por qué?

¿Era eso lo que Agnes había estado a punto de comentarle en el funeral de Mel? Había pensado que Mel, en su incapacidad por comunicar sus sentimientos, le habría colmado con toda clase de cosas extravagantes. Aunque no se le ocurría qué extravagancias serían ésas.

Si ése no había sido el caso, sólo se le ocurría una cosa. Quizá le había hecho peticiones desmedidas y él se había vuelto loco para conseguirlas. Pero, ¿cómo había podido obligarlo a hacer eso? ¿Lo había amenazado con abandonarlo? Si eso era cierto, no sólo había sido un monstruo sin alma, sino una manipuladora desmedida.

Tenía que saberlo.

–¿Sabes algo de eso? Cuéntamelo por favor. Tengo que saberlo.

Rodrigo frunció el ceño, a la vez que sacudió la cabeza lentamente. Parecía pensativo. Se quedó mirándola unos instantes, iluminado por la luz de la luna, que creaba un juego de luces y sombras, de confusión y de certeza.

Luego, Rodrigo volvió a sacudir la cabeza, como si

hubiera tomado una decisión. Para su sorpresa, ignoró su ruego.

–Lo que quiero saber es por qué han tardado tanto esos acreedores en actuar.

–Al parecer lo hicieron nada más morir Mel –dijo Cybele.

–Entonces, ¿por qué han tardado tanto Agnes y Steven en contarlo? ¿Por qué te lo han dicho a ti y no a mí?

Cybele le contó las explicaciones que le había dado su madre adoptiva.

–Querían asegurarse de cuáles eran las exigencias y no querían molestarte. Pensaban que podían arreglarlo ellos solos. Me han llamado para preguntarme si sabía algo que pudiera ayudar a resolver todo este entuerto, y porque he sido demandada.

–Bueno, es evidente que se han equivocado. Aunque no hace falta decírselo. Ya han sufrido bastante y, como siempre, intentan no preocuparme. Creo que siguen sin creerme cuando les digo que para mí son mis padres. En cualquier caso, ninguno tenéis de qué preocuparos. Yo me ocuparé de todo.

¿Cómo podía no quererlo?

–Gracias –fue lo único que pudo decir.

–No me lo agradezcas –dijo él haciendo una mueca.

–Siempre te estaré agradecida, así que empieza a acostumbrarte. Y ya que te estás ocupando de todos mis problemas, necesito que me des tu opinión sobre uno más: mi brazo.

Rodrigo entornó los ojos.

–¿Qué le pasa?

–Las fracturas han sanado, pero los daños en los nervios no mejoran. Hace ocho semanas me dijiste que no podría moverlo en meses. ¿Estabas siendo optimista? ¿Lograré recuperar la precisión que tenía como cirujana?

—Todavía es pronto, Cybele.

—Por favor, Rodrigo, dímelo sin rodeos. Recuerda que me daré cuenta si me mientes.

—Nunca sería tan indulgente contigo.

—¿Ni siquiera para evitar darme una mala noticia?

—Ni siquiera para eso.

Sabía que era cierto y que nunca le mentiría, así que insistió. Necesitaba saber la verdad sobre aquello.

—Entonces, dímelo. Soy una cirujana zurda que sólo sabe operar y necesito saber si en breve tendré que buscarme otra profesión. Como ya me contaste, la unión entre el brazo y la mano sufrió múltiples daños en las terminaciones nerviosas…

—Y tuve que reconstruir meticulosamente los nervios periféricos.

—Aun así, todavía está débil y se me duerme de vez en cuando.

—Todavía es pronto para saber el resultado final. Tu programa de rehabilitación dará comienzo en cuanto estemos seguros de que el hueso ha soldado bien.

—Eso ya lo tenemos.

—No, todavía no. Eres joven y saludable, y tus huesos parece que están bien, pero tengo que estar seguro de que están completamente firmes antes de quitarte la escayola. Eso no ocurrirá antes de que hayan pasado doce semanas desde la operación. Entonces, empezaremos la fisioterapia. Primero nos ocuparemos de controlar el dolor y la hinchazón que se da después de retirar la escayola. Luego, seguiremos con ejercicios para fortalecer los músculos de alrededor de la muñeca para poder recuperar la movilidad y la destreza.

—¿Y si nada de eso funciona? ¿Qué pasará si recupero movilidad y destreza, pero no las suficientes para un cirujano?

—Aunque eso ocurra, no tienes nada de lo que preocuparte. La medicina tiene muchos campos y yo mismo me aseguraré de que encuentres otro que te llene. Pero no me doy por vencido y estoy seguro de que recuperarás la movilidad de tu brazo. No me detendré hasta que estés del todo bien. Y no te preocupes por el tiempo que tarde o lo que harás o dónde estarás hasta que eso ocurra. Tienes todo el tiempo del mundo para recuperar la movilidad de tu mano. Aquí tienes un hogar en el que quedarte todo el tiempo que quieras. Me tienes a mí, Cybele. Estoy aquí para ti siempre que quieras.

Cybele no pudo contenerse más. Lo abrazó con su brazo sano y se cobijó en él. Luego, empezó a llorar. Lo amaba tanto que aquello empezaba a ser una agonía.

Él permaneció inmóvil, dejando que lo abrazara y que lo empapara con sus lágrimas. Al cabo de unos segundos, la envolvió en sus brazos, la acarició desde la cabeza a la espalda y le susurró palabras de consuelo al oído.

Cybele sintió que el corazón se le iba a salir del pecho de todo el amor que sentía. Las lágrimas fluyeron a borbotones y sus sacudidas se hicieron más intensas.

Rodrigo la estrechó con fuerza entre sus brazos hasta que dejó de llorar y de estremecerse. Después, continuó abrazándola y diciéndole que estaba allí para ella y que nunca lo tendría lejos.

Por lo que sabía, era capaz de cumplir todas sus promesas. Él seguiría formando parte de su vida y de la del bebé, como un tío entregado y protector. Y cada vez que lo viera, se sentiría desolada por amarlo y no poderlo tener.

Tenía que irse ya. Su cabeza se estaba desintegrando y no podía arriesgarse a que su dolor se hiciera más intenso. Su bebé necesitaba que estuviera sana y entera.

–Cybele…

La sujetó con fuerza contra él, haciéndole sentir la rigidez de su erección contra el muslo.

Ella buscó aire, sintiéndose excitada. Una voz en su interior le decía que aquélla era la reacción normal de un hombre al tener tan cerca a una mujer y que no significaba nada.

Pero no podía prestar atención a eso. Daba igual. Él estaba excitado y aquélla podía ser la única ocasión de estar con él. Tenía que aprovecharla. Necesitaba tener aquel recuerdo, saber que se había entregado a él para poder continuar con su vida una vez él saliera de ella.

Hundió el rostro en su cuello y empezó a besarlo, saboreando su piel, respirándolo y absorbiendo su fuerza.

–Cybele, querida… –comenzó, pero ella tomó sus labios antes de que le dijera que no.

No podía soportar una negativa. Esta vez, no.

–Rodrigo, te deseo –dijo arqueando su cuerpo contra el suyo–. Si tú también me deseas, tómame. No te contengas, no pienses, no te preocupes de las consecuencias ni del mañana.

Rodrigo se rindió a Cybele y se entregó a ella, sin poder dejar de repetirse sus palabras.

Le estaba dando carta blanca. Con su cuerpo y consigo misma. Sin promesas, sin compromisos, sin expectativas…

¿Sería eso todo lo que Cybele quería? ¿Sería su deseo tan sólo sexual? Quizá no fuera capaz de soportar más. Claro que si eso era todo lo que quería, dándoselo, ¿no le estaría causando más dolor?

Aunque en aquel momento le costaba pensar con claridad, arrastrado por la fuerza de su pasión, se impuso la obligación de protegerla contra él mismo.

—Cybele, estás consternada…

Ella lo hizo callar besándolo en los labios y jugueteando con su lengua en su boca, haciéndole perder el poco control que le quedaba.

—… de pasión por ti —dijo ella concluyendo su frase—. A veces creo que voy a romperme en pedazos. Sé lo que te estoy pidiendo. Por favor, Rodrigo, déjame tenerte tan sólo esta vez.

¿Esta vez? ¿Acaso creía que después de poseerla iba a marcharse como si tal cosa? Y todo aquel deseo del que hablaba, ¿desaparecería cuando se diera por saciada? ¿Acaso era incapaz de sentir nada por él porque sus sentimientos por Mel seguían vivos, aunque no lo recordara y no fuera consciente de ello?

Aquellos pensamientos le dieron la fuerza necesaria para apartarse de ella y esquivarla cuando intentó volver a abrazarlo.

Cybele dejó caer los brazos a los lados. De pronto se la veía frágil y perdida.

Las lágrimas volvieron a escapar de sus ojos.

—Oh, no… Ya me habías dejado claro que no me deseabas y… y aquí estoy intentándolo de nuevo…

Rápidamente se dio la vuelta y desapareció de la terraza.

Tenía que dejar que se fuera y hablar con ella cuando su cuerpo se tranquilizara. Pero aunque fuera capaz de sobreponerse a su propia decepción, no estaba tan seguro de poder superar la de ella. No podía permitir que creyera que no la deseaba. Tenía que decirle la verdad, aunque a cambio tan sólo pudiera tenerla una vez. Tomaría todo lo que pudiera de ella y le daría todo lo que necesitara.

Corrió tras ella y entró en su habitación. La encontró tumbada boca abajo en la cama, rodeada de los ramos de rosas que le había enviado. Cybele se giró al oírlo entrar y se quedó observando con su mirada vidriosa y húmeda cómo se acercaba.

Rodrigo se arrodilló a los pies de la cama y se quedó contemplando la piel bronceada de sus piernas. Aún llevaba la tradicional falda roja catalana que le había regalado para que se pusiera para las fiestas.

Deseaba atraerla hacia él, hundirse en ella y devorarla. Quería protegerla, saborearla y darle placer.

Le quitó los zapatos y Cybele dejó escapar un gemido. Trató de darse la vuelta, pero él se lo impidió poniéndole la mano en la espalda. Luego, comenzó a besarla en los pies, subiendo por las piernas y los muslos hasta llegar a la nuca. Permaneció tumbada debajo de él, gimiendo y temblando, mientras la acariciaba. En cuanto rozó sus labios, Cybele dejó escapar un gemido y se dio la vuelta, tomando su boca en un beso desesperado.

Luego, Rodrigo se levantó de la cama y la tomó en brazos.

–Te quiero en mi cama, querida.

Ella gimió y sacudió la cabeza.

–No, por favor.

Él se alarmó. ¿No quería meterse en su cama?

La dejó en el suelo y ella hundió el rostro en su cuello.

—Aquí, entre las rosas.

No había dejado de soñar con meterla en su cama desde el día en que la conoció. Incluso cuando era una fantasía prohibida, el deleitarse imaginando todas las cosas que le haría, había sido el único consuelo y alivio que había tenido.

Pero aquello era mejor que sus fantasías. La tenía allí, rodeada de aquel entorno tan bonito con el que le había confesado que era la mujer más importante de su vida.

No había pretendido hacer aquella confesión, pero no había podido evitarlo. Tampoco había pretendido que hiciera realidad sus sueños.

La hizo tumbarse en la cama y se apartó para mirarla. Era una rosa única que eclipsaba a todas las demás flores que había en la habitación.

Rápidamente se quitó la ropa bajo la atenta mirada de Cybele. Luego, volvió junto a ella y le quitó la chaqueta, la falda y la blusa. Después, siguió la ropa interior y empezó a acariciarla de pies a cabeza, haciéndola estremecerse.

Se quedó mirando lo que ya había dejado de ser una fantasía y se colocó sobre ella, la rodeó con los brazos y le aprisionó los muslos entre los suyos, vibrando con la visión, el olor y los sonidos de su entrega.

Cybele lo besó en la frente y susurró su nombre, aferrándose a él como si su vida dependiera de ello.

Tenía que demostrarle que estaba allí con ella y que era suyo. Ya le había dado todo lo que tenía y lo único que le faltaba era entregarle su pasión y su cuerpo. Se puso de rodillas y la tomó por las nalgas. Poco a poco fue hundiendo su erección en su cálida humedad, haciéndola gemir al sentir aquel contacto íntimo.

Rodrigo sucumbió a la desesperación de su necesidad y la miró a los ojos mientras empezaba a penetrarla. Ella se estremeció ante su avance. Parecía estar atrayéndolo a la vez que se resistía.

Él volvió a intentarlo una y otra vez, sin que ella dejara de retorcerse. Se sentía confuso.

—Hazlo ya, Rodrigo. Tómame.

La angustia en sus sollozos fue la gota que colmó el vaso. Tenía que darle lo que quería.

A pesar de su resistencia, empujó con fuerza y atravesó su rigidez.

Fue entonces cuando lo comprendió. Era imposible, incomprensible. Cybele seguía siendo virgen.

Capítulo Diez

Rodrigo se quedó inmóvil encima de Cybele. ¿Cómo era posible que fuera virgen?

Se apoyó en sus brazos temblorosos. Había una expresión de dolor en sus ojos y un quejido escapó de su boca. Fijó los ojos en ella y vio en ellos la misma confusión que sentía.

–¿No debería doler tanto, verdad? No es posible que haya olvidado *eso*.

Todo lo que había querido había sido darle placer, nada más que placer.

–No –fue todo lo que pudo decir.

–Entonces, ha debido de ser mi primera vez –dijo, llegando a la misma conclusión que él–. Recuerdo que quería, ya sabes, esperar hasta conocer al hombre adecuado. Eso es lo que pensé cuando conocí a Mel. Pero parece que quise esperar hasta casarnos y...

Rodrigo estaba esperando que su erección aflojara para salir de ella sin causarle más dolor. Pero en vez de eso, cada vez era más potente. Su mente no podía dejar de imaginarse devorando aquellos turgentes pechos.

–Aunque teniendo en cuenta que hay maneras para que los parapléjicos disfruten del sexo, imagino que debimos hacerlo... –continuó ella avergonzada–. Pero es evidente que no lo hicimos, al menos con penetración.

Le resultaba difícil hablar de aquello mientras sus cuerpos compartían aquella intimidad.

Rodrigo decidió que tenía que darle tiempo y empezó a retirarse, pero al oírla gemir, se detuvo.

Luego, volvió a intentar moverse de nuevo, pero ella lo sujetó con las piernas alrededor de las caderas, impidiendo que saliera de su cuerpo.

–Te estoy haciendo daño.

–Sí –dijo agitando las caderas–. Pero me gusta. Siempre soñé con sentirte dentro. Me haces sentir… ¡Oh, Rodrigo! Tómame, haz conmigo lo que quieras.

Él gimió, excitado por sus palabras. Luego, incapaz de hacer otra cosa salvo lo que le había pedido, se hundió en ella lentamente y con suavidad. Cybele dejó caer la cabeza hacia atrás, esparciendo los suaves mechones de su pelo por las sábanas y comenzó a moverse al ritmo de él.

Rodrigo la tomó por las caderas y la penetró. Luego, mantuvo un ritmo lento acariciándola con sus manos por todo el cuerpo e inclinándose para lamerle los pechos antes de volver a besarla en la boca.

–Eres preciosa. ¿Ves lo que me haces hacer?

Ella se estremeció, disfrutando de cada sacudida, obligándolo a moverse más rápido.

–Me encanta lo que me estás haciendo. Tu cuerpo con el mío. Dámelo todo…

De nuevo, Rodrigo obedeció e intensificó sus embestidas, haciéndola gemir hasta que los espasmos la hicieron retorcerse.

Con aquella visión fue incapaz de seguir conteniéndose y dejó que su cuerpo estallara. Sus caderas se desbocaron y sintió que su esencia fluía hacia ella, alimentando su placer hasta que sus brazos y piernas cayeron extasiados.

Se tumbó sobre ella, agitado por las convulsiones

del orgasmo más intenso y placentero que había sentido en su vida. Luego, la hizo acomodarse sobre él.

Nunca había conocido unas sensaciones como aquéllas. Jamás se le había pasado por la cabeza lo maravilloso que sería hacerle el amor. Ahora que sabía que no había sido de ningún otro hombre, se sentía lleno de orgullo y euforia. Quería que sólo fuera suya.

Y tenía que decirle que él siempre sería suyo.

–Cybele, mi amor –murmuró junto a su oído, mientras estrechaba su cuerpo contra el de ella–. Cásate conmigo, querida.

Cybele permaneció unida a él, sobrecogida por aquella experiencia única. La sola idea de tenerlo dentro, de que sus cuerpos se hubieran unido de aquella manera, había convertido el dolor en placer.

Sentía que todo su cuerpo estaba dolorido y saciado. Había dejado de ser virgen y había sido increíble todo lo que le había hecho. La sola idea de sentirlo dentro, de que sus cuerpos se unieran de aquella manera, había sido suficiente para convertir el dolor en placer.

¿Qué le haría cuando el dolor ya no fuera parte de la ecuación, cuando no tuviera miedo de hacerle daño?

Se preguntó si sobreviviría a aquel placer. No estaba dispuesta a esperar más para saberlo.

Estaba a punto de pedirle más, de alargar la única vez que iba a pasar entre sus brazos, cuando cayó en la cuenta. Le había sido imposible pensar con claridad bajo sus caricias y susurros. Entonces, comprendió el sentido de sus palabras.

«Cásate conmigo, querida».

Al instante, se quedó paralizada. Era como si el tiempo se hubiera detenido.

Luego, un torbellino de emociones la invadió: euforia, incredulidad, alegría, sorpresa, deleite, duda. Pero por encima de todo se sentía consternada.

Luego, se apartó de él.

–Hablaba en serio cuando te dije que no esperaba ningún compromiso, Rodrigo. No espero nada.

Rodrigo se sentó en mitad de la cama llena de rosas. Parecía el dios que había visto al principio, moviéndose con naturalidad a pesar de su desnudez y de su erección.

–¿Tampoco quieres nada?

–Lo que yo quiera no es importante.

–Es lo único importante –dijo tomándola del brazo al ver que se iba a levantar–. Y acabas de dejar bien claro lo mucho que me deseas.

–Aun así no importa. No puedo casarme contigo.

Él se quedó de piedra.

–¿Es por Mel? ¿Te sientes culpable?

Ella rió con amargura.

–¿Acaso tú no?

–No, yo no –respondió él–. Mel ya no está aquí y esto no tiene nada que ver con él.

–Eso lo dice el hombre que en las últimas diez semanas ha hecho todo pensando en Mel.

Rodrigo se puso de rodillas, en un intento de impedir que Cybele se levantara de la cama.

–¿Te importaría explicar eso?

Antes de contestar, tuvo que tragar el nudo que se le había formado en la garganta.

–Soy la viuda de Mel y espero un hijo suyo. ¿Necesitas que te dé alguna pista más?

–¿Crees que todo lo he hecho por ti es por obligación hacia él?

Ella se encogió de hombros.

–Llámalo cómo quieras: obligación, responsabilidad, dependencia, heroicidad, nobleza, honor… Tienes todo eso y más.

–Haces que parezca que sólo tengo virtudes –dijo él sonriendo con ironía.

–Es imposible pensar algo negativo sobre ti.

–¿Y por qué eso te parece tan malo?

–Porque es imposible decirte que no.

Sus labios se curvaron al acercarse a ella y aprisionarla en una jaula de masculinidad.

–Ése ha sido siempre mi plan más malvado.

–Muy bien, Rodrigo, estoy confundida –dijo jadeando–. ¿A qué ha venido todo esto?

Bromeando, él arqueó las cejas, fingiendo estar ofendido.

–¿Quieres decir que no te acuerdas? Parece que tengo que esforzarme más para conseguir dejar una impresión más duradera.

–¿Me estás diciendo que de repente quieres casarte conmigo por el increíble placer?

Rodrigo apretó los muslos de Cybele con las rodillas y se chupó los labios mientras con la mirada se recreaba en su desnudez, haciéndola sentir como si la estuviera lamiendo de arriba abajo.

–¿Así que ha sido increíble para ti?

–¿Estás de broma? Me sorprende no haber perdido la cabeza. Pero no puedo creer que lo haya sido para ti. No soy una mujer impactante y dudo mucho que sea de tu tipo. Además, he debido de ser tu primera embarazada y, encima, virgen.

–Admito que estaba, y todavía estoy, muy excitado, como puedes ver y sentir –dijo él apretando su erección contra su vientre.

Al sentir aquella columna de mármol dura y suave contra su piel cálida, gimió y su cuerpo se arqueó involuntariamente contra él. Rodrigo le hizo separar las piernas con la rodilla y empezó a acariciar sus pezones con el vello de su pecho.

–Y si quieres saber cuál es mi tipo de mujer, te diré que me gustan ardientes, además de vírgenes y embarazadas. O mejor dicho, que lo fueran antes de que me encargara de poner fin a esa situación.

–Así que si no lo haces por obligación hacia Mel, no puede ser por una estupidez como despojarme de mi inocencia, ¿verdad?

–Dices cosas muy divertidas –dijo él sonriendo–. Para mí, no es lo mismo inocencia que virginidad. Además, tu inocencia parece estar casi intacta –añadió jugueteando con un pezón–. ¿Se te ocurre alguna otra razón que justifique por qué te he pedido matrimonio?

–¿Por qué no me las cuentas tú? Y no digas que soy tu afrodisíaco. Ése no era el caso hasta hace unas horas.

–Hasta hace unas horas, no sabía que me deseabas.

–Es la mentira más grande que he oído en la vida. Soy tan transparente como esa ventana. Hace semanas que quedó claro que te deseaba. Apenas habían pasado un par de minutos desde que había recuperado la consciencia.

–Que lo hicieras tan pronto, unido a tu pérdida de memoria, me hizo pensar que estabas confundida y que no sabías lo que querías. Pensé que te aferrabas a mí para reafirmar tu vida después de sobrevivir a una catástrofe o porque era la persona más cercana que tenías o a la que considerabas tu salvadora.

Rodrigo comenzó a lamerle los pechos y Cybele echó la cabeza hacia atrás. Su cuerpo estaba a punto de explotar.

—Eres mi salvador, pero eso no tiene nada que ver con que te desee. Recuerdo que siempre has tenido muchas mujeres persiguiéndote. Creo que no desearte es imposible.

—¿Así que para ti es una cuestión de sexo? ¿Por eso sólo querías que fuera una vez?

—¿No me has oído antes mencionar tus virtudes?

—Así que te gusto por mi forma de ser y no sólo por mi cuerpo, ¿no?

—Te quiero por tu forma de ser. Así que no le des más vueltas y no intentes buscar otro motivo…

Rodrigo tomó su boca y comenzó a devorarla.

—Por favor, Rodrigo —dijo Cybele, apartando los labios de él—, no pienses que me debes algo. Yo sí que estoy en deuda contigo.

—No me debes nada, ¿me oyes? Ha sido un privilegio cuidar de ti y tenerte en mi casa, y todo un placer compartir mi cama contigo.

Cybele comenzó a temblar de nuevo. Lo amaba demasiado y necesitaba creer cada una de sus palabras.

—Sé que siempre tienes razón, pero aquí te equivocas —dijo ella acariciándole el rostro—. Te debo mucho más que tus cuidados médicos y el cobijo que me has dado. Te debo el que me hayas devuelto la fe en la humanidad, el que me hayas enseñado cómo puede ser una familia y me hayas dejado formar parte de la tuya. Creo que gracias a ti, tengo por fin una relación con la mía. Te debo recuerdos y experiencias que me han convertido en una persona más fuerte, y que nunca olvidaré. Y todo eso, antes de lo que me has ofrecido hoy.

Rodrigo tomó su mano y la besó. Él también estaba embriagado por la emoción.

–Las deudas de Mel…

–No sé qué relación tengo con ellas, pero me haré cargo de la parte que me corresponda, lo juro.

–No, ya te dije que yo me haría cargo.

–Harías cualquier cosa para proteger a tus padres adoptivos y a mí, ¿verdad? Es por *esto* por lo que estoy en deuda contigo, por tu apoyo incondicional. Y ahora me lo ofreces para siempre. No, no puedo aceptar. No puedo dejar que cargues con mis problemas. Sean cuales sean tus razones para casarte conmigo, yo no tengo nada que ofrecerte a cambio.

–Tienes muchas cosas que ofrecerme, querida –dijo acariciándole el pelo–. Ya me lo has ofrecido todo y quiero seguir teniéndolo el resto de mi vida. Quiero tu pasión, tu amistad y, ahora que sé que lo tengo, quiero tu amor. Y quiero que el bebé sea mío y que formemos una familia. Y la razón por la que quiero todo esto es porque te amo.

–¿Cómo puedes decir eso? Iba a marcharme y si no me hubiera arrojado a ti, nunca habrías…

–Nunca te hubiera dejado marchar. ¿Todavía no te has dado cuenta? Iba a seguir inventando razones para que no te fueras y cuando me quedara sin argumentos, tenía pensado hacerte ofertas que no pudieras rechazar. Cuando estuviera seguro de que estabas lista para tomar una decisión, iba a confesarte mis sentimientos. Me has salvado de una espera angustiosa.

–Lo has sabido ocultar muy bien –dijo ella, mientras unas lágrimas empezaban a surcar sus mejillas–. Es un paso muy importante. ¿Estás seguro de que has considerado todas las consecuencias?

–Lo único que me detuvo la primera vez que te insinuaste fue que pensé que no eras consciente de todas las consecuencias, que no sabías en lo que te estabas metiendo y que no estabas preparada para una relación. Sin embargo, yo estoy seguro de lo que quiero: a ti y al bebé.

Cybele empezó a llorar y se abrazó a él. De pronto, Rodrigo se levantó, la tomó en brazos y la llevó al cuarto de baño. Luego, la dejó en la camilla de masajes, fue a la bañera para abrir el grifo y volvió junto a ella. Lo hizo rodearlo con sus piernas y acercó su sexo erecto a su vientre antes de besarla en la boca.

Ella se arqueó e intentó que la penetrara, pero él se lo impidió.

–Todavía no has dicho que sí.

–Llevo un rato diciendo que sí, pero…

–Dame un sí sin reservas y podrás tenerme ahora y durante el resto de nuestras vidas.

–Sí.

Y durante el resto de la noche, Cybele perdió la cuenta del número de síes que le dijo.

Capítulo Once

Tres meses y medio después de que Cybele se despertara en el mundo de Rodrigo, estaba intentando no correr camino del altar.

Rodrigo había insistido en fijar la boda para dos semanas después de quitarle la escayola. Pero en vez de celebrarla en la catedral de Barcelona como había pensado en un principio, accedió al deseo de Cybele de que fuera en su finca, la que iba a ser su casa y la del bebé.

Aquello completaba su felicidad. No sólo ella había tenido la suerte de encontrar al mejor hombre del mundo, también el bebé. Sólo Rodrigo podía querer como si fuera suyo al hijo del hombre al que consideraba su hermano.

Allí estaba muy guapo con su esmoquin, luciendo aquella arrebatadora sonrisa mientras se aproximaba a él. Sólo cuando estaba a pocos metros, se dio cuenta de que Ramón estaba a su lado, en su papel de padrino.

Después de pronunciar sus votos, se intercambiaron los anillos y se besaron tras ser declarados marido y mujer.

A partir de aquel momento, empezaron las fiestas, bailando sardanas y otros bailes populares. Además de la familia de Rodrigo, también la suya les acompañó, mostrándose más cariñosos que nunca.

Cuando la boda terminó, Rodrigo la llevó a la que a partir de entonces sería su habitación.

Había estado a punto de perder la cabeza por no haber dormido con él en las últimas semanas. Nada más cerrar la puerta, sus manos estaban por todo su cuerpo, quitándole el vestido de novia. Lo hizo caer desde los hombros, descubriendo sus pechos y tomándolos entre sus manos. Luego, empezó a besarla apasionadamente.

–¿Tienes idea de lo mucho que deseaba esto? –preguntó él susurrando junto a sus labios–. ¿Sabes lo que han sido estas últimas semanas?

Luego, siguió besándola por el cuello hasta llegar a sus pezones y le quitó las bragas. A continuación se quitó la chaqueta, el fajín y la pajarita, y por fin la camisa. La luz de las velas acompañó aquella visión, resaltando sus músculos.

Antes de que pudiera pedirle que se quitara los pantalones, se arrodilló ante ella y hundió el rostro en su entrepierna para saborearla. Luego, la tomó en brazos y la hizo sentar al borde de la cama.

–¿Sabes cómo me siento al tener este privilegio? ¿Sabes lo que supone que me desees y saber que eres mía?

Cybele se estremeció, llevada por la emoción y la pasión de sus palabras, además de por sus expertas caricias. Se abrió para él, dispuesta a aceptar cualquier forma de placer que le diera. Siempre le daría lo que quisiera.

Él se acercó, hundió su lengua en su boca y siguió acariciándola.

Con manos temblorosas, Cybele le bajó la cremallera de los pantalones. La boca se le hizo agua al sentir en sus manos su fuerza.

–Juega conmigo, mi amor. Soy tuyo.

–¿Sabes lo que siento al oírte decir eso?

Él empezó a gemir al sentir sus manos acariciando su virilidad con deleite. Ella se inclinó y lo saboreó. Su olor, su sabor y su textura la hicieron estremecerse, mientras que él jadeaba al ritmo de sus movimientos.

Le puso una mano en la cabeza y la detuvo.

–Necesito penetrarte.

–Y yo te necesito dentro. Ni se te ocurra ir despacio, por favor…

Con aquel ruego, se encontró debajo de él, incapaz de soportar tanto placer.

–Cybele, vida mía, amor mío –susurró mientras le daba lo que tanto le había pedido hasta hacerla explotar.

Luego, se rindió a su propio placer, agitando su cuerpo sobre el suyo y provocándole otro orgasmo.

–Cybele, abre los ojos –le pidió al ver que permanecía inmóvil.

Sus párpados pesaban toneladas, pero le obedeció.

–El primer día que estuvimos juntos pensé que me habías dejado sin sentido por ser la primera vez. Pero parece que va a ser la norma.

–En ese caso, prepárate para pasar media vida sin sentido –dijo Rodrigo y la tomó en brazos para llevarla al cuarto de baño.

La metió en la bañera, que ya estaba llena, se sumergió junto a ella y empezó a masajearla por todo el cuerpo.

Cybele se dejó llevar por aquella agradable sensación. Había estado dispuesta a vivir con los recuerdos, pero ahora, aquello era para siempre. Le resultaba tan increíble que a veces se despertaba creyendo que todo había sido un sueño.

Aquella perfección le hacía temer que algo pudiera estropearla.

—Mi amor —dijo Rodrigo.

Cybele estaba a punto de girar la cabeza sobre su pecho para decir algo, cuando se oyó un timbre en la habitación. Era el hospital llamando.

—Tiene que ser una broma.

—Tiene que ser algo importante para llamarte el día de tu boda. Tienes que contestar.

Se fue a contestar y al cabo de unos minutos regresó con el ceño fruncido.

—Ha habido un accidente con heridos muy graves. La mujer y el hijo de un buen amigo están entre ellos —dijo pasándose la mano por el pelo—. Maldita sea. Ahora que empezábamos a hacer el amor.

—Yo también soy cirujana, ¿recuerdas? Son gajes del oficio —dijo y salió de la bañera para abrazarlo—. Además, no tienes por qué dejarme aquí. Te acompañaré. Mis antiguos jefes me han contado que era muy buena cirujana. Puedo serte de utilidad.

—No es así como había imaginado que pasaríamos nuestra noche de bodas, amor mío. Pero tenerte al otro lado de la mesa de operaciones es lo segundo en mi lista, después de tenerte en mi cama.

Después de aquella urgencia, en la que la operación fue un éxito, pasaron dos semanas recluidos en la finca.

Tres semanas después, Cybele ocupaba los dos primeros puestos en la lista de prioridades de Rodrigo.

Por el día trabajaban juntos. Estaban descubriendo lo estimulante que les resultaba poder compartir sus carreras, además de sus vidas.

Luego, estaban las noches. Cybele no tenía ni idea de cómo sus encuentros podían ir aumentando en placer y creatividad.

Aquel día hacía cinco semanas de su boda.

Estaba en la semana veintidós de su embarazo y nunca se había sentido más feliz y saludable. Aunque eso no había servido para convencer a Rodrigo de distanciar sus revisiones médicas.

–¿Estás lista, mi amor? Sólo serán unos minutos.

–¿Quieres saber el sexo del bebé? –preguntó ella, tomándolo del brazo.

–¿Y tú?

–Sí.

Él también quería saberlo, pero prefería que fuera ella la que tomara la decisión.

–Entonces, lo averiguaremos.

Cuatro horas más tarde estaban de vuelta al dormitorio. Habían salido a cenar con Ramón y unos colegas en Barcelona.

Estaban frente al espejo y Rodrigo le estaba bajando la cremallera del vestido.

–¿Crees que Steven y Agnes se alegrarán de que sea un niño?

Por su expresión, enseguida adivinó que la pregunta le había incomodado. Indirectamente hacía referencia a Mel.

El mencionar a Mel era la única cosa que lo había puesto tenso desde que se casaran. Al principio había pensado que era por una cuestión de celos al haber sido Mel su primer marido. Pero luego había llegado a la conclusión de que el recuerdo de Mel seguía siendo una herida abierta para Rodrigo. Confiaba en que el bebé sanara la herida y ayudara a cerrarla.

–Me imagino que les alegrará saber que el bebé está bien –contestó acariciándole el abultado vientre.

–Esta mañana hablé con Agnes y estaba muy contenta. Me contó que los que habían demandado no eran acreedores sino inversores que le habían dado dinero a Mel para la construcción de un hospital. El dinero ha aparecido en una cuenta que no conocían.

–Así es –replicó Rodrigo y detuvo sus caricias.

–Pero entonces, ¿por qué demandaron a tus padres? Podían haber mandado una simple carta y con ayuda de un abogado y de un contable, podían haber revisado los documentos de Mel.

–Quizá temían que no conseguirían el dinero si no hacían más presión.

–Pero no tiene sentido teniendo en cuenta que Mel y tus padres son personas formales. Además, debe de haber algún documento legal en el que se recojan los derechos de cada uno.

–No sé por qué lo hicieron, pero lo importante es que todo ha acabado y nadie ha salido perjudicado.

Entonces lo vio en sus ojos. Estaba mintiendo.

–No me estás diciendo la verdad –dijo Cybele tomándolo de las manos–. Por favor, cuéntamelo todo.

Él se apartó y la miró por el espejo.

–¿Quieres saber la verdad? ¿O prefieres seguir creyendo que esa gente actuó sin sentido y que Mel era una persona excepcional? Deberías hacer como Agnes y Steven, mirar hacia otra parte y creerte mi explicación.

Cybele se giró para mirarlo a los ojos.

–Te has inventado esta historia para tranquilizarlos.

Las deudas son reales y has convencido a los acreedores de Mel para que cambiaran su historia.

–¿Por qué te preocupas por los detalles?

–¿Tuve algo que ver con esto? ¿Sigues protegiéndome?

–No, no tuviste nada que ver en ello. Me pasé la vida encubriendo las mentiras de Mel. Y desde la tumba, me sigue obligando a hacerlo. ¿Y sabes una cosa? Estoy harto de hacerlo y de tener que apretar los dientes para no contaros a Agnes, a Steven y a ti lo que me hizo, lo que nos hizo a todos.

–¿Qué hizo? ¿Y qué quieres decir con lo que nos hizo a todos?

–¿Cómo decírtelo? Sería mi palabra contra la de un hombre que no puede defenderse. Eso me convertiría en un monstruo ante tus ojos.

–No. Tú eres el hombre al que quiero con todo mi corazón.

–Olvídalo, Cybele. No debería haberte dicho nada.

Pero el daño ya estaba hecho. Los sentimientos de Rodrigo hacia Mel parecían ser peores de lo que había imaginado. Tenía que saberlo todo.

–Por favor, Rodrigo. Tengo que saberlo.

–¿Por dónde empezar? Ni siquiera recuerdas cómo nos conocimos.

Ella se quedó mirándolo fijamente, deseando poder recordar. De repente, del fondo de su cabeza surgió algo, como si fuera una bola de nieve convirtiéndose en una avalancha.

Acababa de recordar.

***

Parecía un animal salvaje en busca de una salida. Todo le daba vueltas.

–Cybele.

Oyó su nombre retumbar y unos brazos fuertes la tomaron antes de caer al suelo.

Los recuerdos fluían en su cabeza como el agua de un río.

Lo primero que había visto había sido a Rodrigo en una fiesta para recaudar fondos en el hospital en el que ella trabajaba. Su presencia se imponía a la de todos los demás.

Ella se había quedado allí de pie, incapaz de apartar los ojos de él, atraída por su fuerza irresistible. Él también había fijado su mirada en ella, consciente de la misma fuerza.

Entonces Ramón se había acercado a él y, por el modo en que se había girado para mirarla, había adivinado que hablaban de ella. Cybele se quedó allí, inmóvil, temblorosa, consciente de que su vida no volvería a ser la misma en cuanto se acercara a ella.

Luego, un hombre próximo a ella se había desmayado y había tenido que prestarle su ayuda como médico. Había permanecido con él practicándole las maniobras de resucitación y para cuando acabó, Rodrigo había desaparecido.

Se había quedado decepcionada, repitiéndose que se había imaginado todo y que si hubiera hablado con él, habría comprobado que tan sólo era el hombre que había creado en su imaginación.

A los pocos días había conocido a Mel. Llegó haciendo una importante donación al hospital y se convirtió en el jefe del departamento de cirugía. Desde el principio, se había interesado por ella. Halagada por sus atenciones, había aceptado un par de citas. Luego, se le declaró. Para entonces, había averiguado que no era más que un imbécil y lo rechazó. Él se excusó diciéndole que tenía que ser de aquella manera ante los demás y se mostró diferente hasta que consiguió que lo aceptara.

Entonces, Mel le había presentado a Rodrigo como su mejor amigo.

Se sintió decepcionada al descubrir que no lo había impresionado y que todo había sido fruto de su imaginación. Parecía no poder soportarla. Mel, inconsciente de la tensión que había entre las dos personas a las que más quería, insistía en que Rodrigo los acompañara siempre. Y aunque el sentimiento no fuera mutuo, Cybele había llegado a la conclusión de que no se podía casar con Mel mientras sintiera aquella atracción irrefrenable por su mejor amigo. Así que rompió el compromiso. Había sido entonces cuando Mel había tenido el accidente que lo dejó inválido.

Sintiéndose destrozada cuando Mel la acusó de ser la razón por la que se había quedado paralítico, Cybele había vuelto a aceptar el anillo. Se casaron en una ceremonia a la que asistieron sólo sus padres, un mes después de que le dieran el alta. Rodrigo se había marchado de vuelta a España tras asegurarse de que no había nada más que pudiera hacer por su amigo y, para alivio de Cybele, no asistió a la boda.

Pero ni la mejor de sus intenciones le había servido para soportar vivir con un hombre amargado. Habían hablado con un especialista acerca del modo de llevar una vida sexual, pero sus dificultades no habían dejado de atormentarlo a pesar de que Cybele le aseguraba que no le importaba. No sintió lástima por lo que no había tenido y fue un alivio cuando Mel dejó de intentarlo. Entonces, pudo volcar su energía en el trabajo.

Más tarde, Rodrigo volvió y el comportamiento de Mel empeoró. Había tenido que convencerlo para que no se sintiera amenazado por Rodrigo, diciéndole que era un especialista en lesiones de columna y que él lo ayudaría a ponerse de nuevo en pie.

Pero había algo más que Mel necesitaba en aquel momento. Había estado haciendo progresos con el especialista en terapia sexual y antes de que pudiera comportarse como todo un marido, necesitaba crear un vínculo entre ellos y tener un bebé.

Cybele había sabido que estaba poniendo a prueba su sentido del compromiso, pero ¿cómo decirle que no? Se había convencido de que un bebé lo haría sentir más hombre a pesar de que no creía que tener un bebé fuera lo más apropiado en su inestable relación.

El sentimiento de culpa ganó y con la promesa de ayuda por parte de su madre, se sometió a una inseminación artificial.

En menos de una semana, la concepción fue confirmada. La noticia sólo había servido para agriar aún más el carácter de Mel, que había acabado excusándose y diciéndole que no podía soportar la presión y que le diera un tiempo. De nuevo, Cybele sucumbió y dejó su trabajo para ayudarlo a superar sus problemas. Entonces, le soltó otra bomba: quería que pasaran un tiempo en casa de Rodrigo.

Al ver que se resistía, Mel le había dicho que el beneficio sería doble, ya que Rodrigo iba a hacerle unas pruebas para comprobar si podía devolverle la movilidad en las piernas. No le había quedado más remedio que acceder.

Al llegar a Barcelona, Rodrigo había mandado una limusina para recogerlos, pero Mel insistió en que los llevaran al aeródromo donde estaba su avioneta. Al protestar ella, le había dicho que no necesitaba las piernas para volar y que era su manera de sentirse libre.

Durante el vuelo, como respuesta a sus comentarios inocentes, se había puesto desagradable, incluso violento. Ella se había mordido la lengua, consciente de que no era el sitio para discutir, pero decidida a poner fin a aquella situación en cuanto aterrizaran.

Pero nunca habían llegado a aterrizar.

Su cabeza se llenó de imágenes del último año antes del accidente, haciendo desaparecer la oscuridad que la había acompañado durante los últimos meses.

Alzó la vista y se encontró con la mirada preocupada de Rodrigo.

–Estás recordando.

–Ya conozco mi parte. Ahora, cuéntame la tuya.

–Cuando te vi en aquella fiesta para recaudar fondos, fue como ver mi destino. Se lo dije a Ramón y me dijo que si otra persona le hubiera dicho lo mismo se habría reído. Pero viniendo de mí, me creyó y me animó a acercarme a ti. Pero cuando iba a hacerlo, se montó un gran revuelo. Tuviste que ayudar a aquel hombre y yo tuve que volver al hospital por una urgencia. Le pedí a Ramón que averiguara todo de ti, para poder ir en tu busca en cuanto pudiera. Mel también estaba allí, detrás de mí. Debió de oírlo todo y decidió tomar la iniciativa –dijo y detuvo la narración para ordenar sus pensamientos–. Y lo consiguió. Usó un dinero que le di para conseguir aquel puesto y estar cerca de ti. Durante las siguientes seis semanas, tuve que atender una operación tras otra, deseando en todo momento correr a buscarte. En cuanto aceptaste su proposición, me llamó para decirme que iba a casarse, pero no me dijo tu nombre. El día en que regresé a Estados Unidos para buscarte, me pidió que fuera a verlo para conocer a su prometida. Nunca podré describir el dolor que sentí al descubrir que eras tú. No dejaba de repetirme que no podía haberlo hecho a propósito, pero me di cuenta por sus explicaciones de cómo te había conocido que se estaba riendo de mí, restregándome su triunfo.

—¿Fue por eso que…? —lo interrumpió Cybele.

—¿Que me comportaba como si te odiara? Sí. En aquel momento odiaba todo. A Mel, a mí mismo, a ti, al mundo…

—Pero has tenido muchas novias…

—No he tenido a nadie. Desde que te conocí, esas mujeres eran intentos de distraerme. No pasaba un día sin que pensara en ti. Así que decidí marcharme, pero tuve que volver. Acabó quedándose paralítico, como siempre le habíamos advertido sus padres y yo.

—Me dijo que le hice perder la cabeza y que por eso el accidente…

—No, Cybele. Aquello no tuvo nada que ver contigo. Mel nunca se hacía cargo de sus problemas y siempre buscaba a alguien a quien acusar. Le gustaba asumir riesgos estúpidos. Uno de sus vicios era apostar y por eso acabó con tantas deudas. Le di dinero pensando que era para comprarte regalos, pero nunca te compró nada.

Así que ahí estaba la explicación del asunto de las deudas.

–Y respecto al accidente que le costó la vida y que podía haber costado la tuya también, era su tercer accidente de avión. Ni siquiera el haberse quedado paralítico le impidió seguir arriesgándose, así era él –dijo Rodrigo y respiró hondo antes de seguir–. ¿Quién sabe? Quizá quería morir.

–¿Por qué iba a quererlo? Estaba convencido de que ibas a curarlo.

–Te mintió de nuevo. No había nada que pudiera hacer por él y se lo dejé bien claro.

–Así que estaba desesperado.

–Más que eso. Estaba dispuesto a llevarte con él para que yo no pudiera tenerte. Mel siempre tuvo una fijación: yo. Desde el día en que puse el pie en casa de los Braddock, sintió celos de mí. Unas veces me imitaba y las otras hacía todo lo contrario de lo que yo hiciera. No sabía si quererme u odiarme.

Ahora lo entendía todo. Era la parte de Mel que se parecía a Rodrigo por la que había sentido algo. Así que había estado enamorada de Rodrigo desde el principio. Sólo podía hacer una cosa.

Se apartó y se quedó mirándolo, sintiendo que el corazón se le partía en dos.

–Quiero el divorcio.

Las palabras de Cybele cayeron como un jarro de agua fría en Rodrigo.

Había sido un estúpido. Había hablado mal de un hombre muerto, no sólo del que consideraba su hermano pequeño, sino del hombre al que Cybele todavía amaba.

–No, Cybele. Lo siento mi amor. No pretendía…

–Tienes razón. Ahora entiendo por qué la decepción hacia Mel. Me has quitado todo sentimiento de culpabilidad.

–¿No amabas a Mel?

–Era consciente de sus manipulaciones, aunque nunca hubiera adivinado el motivo. Y con mi amnesia, no podía dejar de atormentarme el hecho de que me alegrara de su muerte. Desde el momento en el que desperté, deseé estar contigo. Siempre te he querido.

–¿De veras? –preguntó confuso y eufórico a la vez–. Entonces, ¿por qué me pides el divorcio?

–No importa. Lo único que importa es mi bebé. Nunca me habría casado contigo si me hubiera dado cuenta de que eras el peor padre que podía tener. En vez de querer a su padre, lo odias con todas tus fuerzas.

–Nunca odié a Mel. Era Mel el que me consideraba usurpador del afecto de sus padres. Yo lo quería como se quieren los hermanos. Mel tenía muchas cosas que me gustaban, pero era muy inseguro. A través de ti, encontró la forma de hacerme daño. Odio lo que hizo, pero no le odio a él. Tienes que creerme.

Pero evidentemente no lo creía y se lo confirmó con sus palabras.

–No puedo arriesgar la vida de mi bebé.

–¿Tan poco me conoces, Cybele? Dices que me amas, pero ¿tan cruel me crees como para ser capaz de pagar con un niño inocente lo que Mel me hizo?

–Puede que seas incapaz de evitarlo. El que Mel esté muerto, no significa que puedas olvidarlo o perdonarlo.

–Pero el bebé es tuyo, Cybele. Y aunque fuera del demonio seguiría queriéndolo porque es tuyo. Porque te quiero y sería capaz de morir por ti.

–Yo también moriría por ti. Siento que sin ti estoy perdida y eso me da más miedo. Por favor, no me lo pongas más difícil. Deja que me vaya.

De repente, Rodrigo cayó en la cuenta. No podía ser tan tonto como para dejarla marchar.

–No puedo, Cybele –dijo y le impidió el paso–. Perdóname por ser un estúpido. Estaba tan decidido a no dejar que se supiera la verdad, que al contarme tus verdaderos sentimientos por Mel, me he dado cuenta de que ya no tengo que seguir ocultándola. Es cierto que habría querido a cualquier hijo tuyo como si fuera mío. Pero quiero a este bebé y daría mi vida por él. Porque este bebé es mío también.

Capítulo Doce

–Soy el padre del bebé.

Cybele se quedó mirando a Rodrigo, sin comprender.

–Si no me crees, una prueba de ADN lo demostrará.

–Pero, ¿cómo?

Se quedó mirándola como si le hubiera pedido que se pusiera delante de un toro bravo.

Antes de contestar, Rodrigo respiró hondo.

–Hace unos años, Mel recibió una demanda de paternidad. En el curso de las pruebas para demostrar que no era el padre del niño, descubrió que era infértil. Más tarde me contó que le habías pedido un bebé como muestra de lo que significaba para él vuestro matrimonio. Me dijo que no podía decepcionarte una vez más, que no quería perderte porque tú eras lo que lo mantenía con vida. Así que me pidió que donara esperma. Sólo imaginarte con mi hijo era suficiente tortura –dijo e hizo una pausa antes de continuar–. Pero lo creí cuando me dijo que moriría si te perdía. Habría hecho cualquier cosa por ayudarlo. Y sabía que estaba dispuesto a buscar el semen de cualquier donante y hacerlo pasar como suyo. No podía soportar la idea de que llevaras al hijo de otro, así que accedí. Con tu amnesia, no quise decírtelo para que no sufrieras más. Estaba dispuesto a convertirme en el padre adoptivo del bebé, a pesar de que en realidad era hijo mío.

Así que eso lo explicaba todo. El cambio en su actitud hacia ella después del accidente, tratándola como si fuera lo más preciado del mundo no era por el amor que decía sentir, sino por el bebé.

No podía soportarlo más. Sintiendo que su vida había llegado al límite, se apartó de él y salió corriendo.

Rodrigo se contuvo para no salir tras ella. Tenía que dejarla marchar. Tenía que darle tiempo para que asumiera todo aquello. Así se daría cuenta de que a pesar de lo que les había costado llegar a aquella situación, tanto Mel como el destino les habían dado la oportunidad de tener un futuro en común.

Su determinación apenas duró una hora. Salió tras ella y descubrió que se había marchado.

Consuelo le contó que Cybele le había pedido a Gustavo que la llevara a la ciudad y que la dejara en un hotel del centro.

Rodrigo sintió que el mundo se hundía bajo sus pies. Lo había abandonado. Pero, ¿por qué? Le había dicho que lo amaba.

En mitad de aquella confusión, encontró una nota en su cama.

Rodrigo,
deberías haberme dicho desde el principio que el bebé era tuyo. Habría entendido el verdadero motivo de tu interés: cuidar de la mujer que esperaba un hijo tuyo. Conociendo la devoción que sientes por la familia, necesitas estar rodeado de tu propia sangre. Sé que quieres a este niño con todas tus fuerzas y que quieres darle la familia que ninguno de los dos tuvimos. Si me lo hubieras dicho, habría hecho cualquier

cosa para que el bebé hubiera tenido unos padres que lo ado-
rasen y que se tratasen con afecto y respeto. Para eso, no ten-
go que ser tu esposa. Puedes divorciarte si quieres. Seguiré
siendo tu amiga y compañera y viviré en España mientras tú
lo hagas, para que puedas estar con tu hijo.

    Cybele

Rodrigo leyó la carta varias veces hasta que se fijó en sus retinas y en su cabeza.

Después de las mentiras y manipulaciones de las que Cybele había sido víctima, no le extrañaba que desconfiara de sus sentimientos. Seguramente, lo creía capaz de hacer y decir cualquier cosa con tal de tener a su hijo. Estaba dispuesto a demostrarle su sinceridad aunque fuera lo último que hiciera.

Veinticuatro horas más tarde estaba esperándola junto a la puerta de la habitación de su hotel. Se sentía como si hubiera envejecido veinticuatro años.

Cybele abrió la puerta. Parecía tan abatida como él. Lo único que quería era tomarla entre sus brazos y besarla hasta hacerle perder el sentido, pero sabía que eso empeoraría las cosas.

Nunca le había gustado arriesgar, pero lo cierto era que nunca había estado tan desesperado. Ahora, tenía que arriesgarse, con la posibilidad de obtener unos resultados catastróficos. Pero era la última opción que le quedaba.

Sin decir palabra, le entregó los papeles del divorcio.

El corazón de Cybele se detuvo. Parecía que nunca iba a ser capaz de volver a latir.

Había hecho una apuesta arriesgada y había perdido. Le había dado la opción de ser libre y de tener a su hijo sin necesidad de seguir siendo su marido y había rezado para que eligiera quedarse con ella.

Pero no lo había hecho. Ahora que Rodrigo sabía que podía tener a su hijo siempre que quisiera, había elegido librarse de ella.

Entonces, posó los ojos en el encabezamiento de uno de los papeles.

—¿No me quitarás al bebé, verdad? Sé que tienes derecho a acudir ante un juez y pedir su custodia, pero por favor…

—Cybele, te lo pido por favor. Déjalo ya. ¿Tanto desconfías de mí?

La angustia se apoderó de ella.

—No, no es eso. Dios,… no lo sé. Es como si fueras tres personas. Una que parece odiarme, otra que me salvó y me cuidó y que parecía que me deseaba tanto como yo a ella, y la tercera, la que siempre tiene un plan y que ahora me da los papeles del divorcio. No sé quién eres ni qué debo creer.

—Deja que te explique —dijo tomándola por los hombros.

—¡No! —exclamó Cybele y se soltó antes de que la sujetara con más fuerza.

No quería escuchar que ya no quería seguir casado con ella. Revolvió en el escritorio en busca de un bolígrafo y los papeles se desperdigaron.

—Una vez firme estos papeles, quiero que me des un par de días. Te llamaré cuando tenga las ideas claras y podamos discutir cómo arreglar las cosas a partir de ahora.

Rodrigo la rodeó con los brazos, haciéndola apoyar su espalda en él. Ella intentó soltarse. No soportaba su cercanía.

La sujetó con fuerza y Cybele pudo sentir su erección contra sus nalgas. No entendía nada. ¿Aún la deseaba? Pero si quería divorciarse de ella, aquello debía ser su respuesta a su insaciable apetito sexual.

Sus pensamientos se evaporaron al sentir sus labios en el cuello. Trató de darse la vuelta, pero él la levantó del suelo y la estrechó contra la pared, haciéndole separar las piernas para que sintiera su erección.

Luego mordió su labio inferior hasta hacerla gemir. Oleadas de deseo invadieron su cuerpo al sentir que deslizaba su mano bajo las bragas.

En cuestión de unos minutos y unos cuantos movimientos, estaba dispuesto a darle todo.

El placer se fue haciendo más intenso con cada embestida, con cada palabra, con cada beso. La tensión fue acumulándose hasta que su cuerpo alcanzó el clímax y comenzó a agitarse. Luego se aferró a él, sintiendo cómo alcanzaba el orgasmo.

Cuando Cybele volvió a la realidad, estaba sobre él en la cama.

—¿Es esto una despedida?

—¿Eliges las palabras con la intención de partirme en dos, verdad?

—¿Qué otra cosa podría ser?

—No vine con esa intención, pero cuando te vi a punto de firmar esos papeles, casi me vuelvo loco.

—Pero tu intención era que firmara esos papeles, ¿no?

—He decidido pasar a la acción, puesto que no crees mis palabras ni mis muestras de amor. El tiempo lo demostrará.

Rodrigo se levantó de la cama, tomó los papeles y los dejó junto a ella.

Antes de que Cybele pudiera decirle que lo amaba, él se dio la vuelta y empezó a recoger su ropa.

Se quedó sentada, observando cómo se vestía y de repente lo vio todo claro. Al igual que ella le había dado la libertad para divorciarse, los papeles del divorcio eran su manera de demostrarle que ella también era libre. Aunque prefiriera terminar con su vida antes que perderla, la estaba dejando marchar si eso suponía dejarla tranquila.

Un hombre que tan sólo quisiera a su hijo, no habría hecho todas las cosas que él había hecho por ella. Nunca le había dicho que la quería, pero era evidente que estaba dispuesto a morir antes que a perderla.

A pesar de que había ocultado la verdad acerca de la paternidad del bebé, lo había hecho para protegerla, dispuesto a que nunca se supiera que era hijo suyo.

Tomó los papeles, saltó de la cama y corrió a él.

—Es tu manera de demostrarme que me quieres y que eres capaz de aceptar que me vaya si eso es lo que quiero.

—Eres libre. Y la decisión has de tomarla tú, sin tenerme en cuenta. No eres responsable de mis sentimientos. Con el tiempo, si te convences de que yo soy lo que quieres, de que soy capaz de hacerte feliz, vuelve conmigo. Si no, firma esos papeles y házmelos llegar. Los otros documentos son la demostración de que no estás obligada a pensar más que en tu bien, no en el de los demás.

—¿Y si con el tiempo eres tú el que decide que no me necesita? —preguntó ella revelando su mayor temor.

De pronto, Cybele reparó en la última frase de Rodrigo y buscó esos otros documentos. Eran los papeles de la custodia, en los que él cedía sus derechos como padre a favor de ella. Le estaba dando la opción de decidir si quería que fuera parte de la vida de su hijo.

–¿Por qué?

–Porque sin ti, nada merece la pena. Porque confío en que no le negarás mi amor aunque decidas terminar nuestro matrimonio. Porque quiero que seas completamente libre para tomar la decisión, sin temer verte envuelta en un proceso judicial de custodia. Porque necesito saber que si vuelves a mí, lo harás no por necesidad o gratitud, sino porque me quieres.

Luego se dio media vuelta como si fuera un hombre a la espera del veredicto.

Cybele se abalanzó sobre él, lo abrazó y empezó a cubrirlo de besos.

–No sólo te quiero, te adoro más que a mi vida. Y no por necesidad o gratitud. No te merezco, ni merezco que sientas lo mismo que yo. Te he hecho daño y he desconfiado de ti, y no es excusa que no recordara nada porque…

Sus labios se unieron a los de ella en un beso salvaje y acabaron haciendo el amor apasionadamente.

Rodrigo estaba acariciando a Cybele, cuando de repente lo sintió.

–El bebé… Se ha movido –dijo él con la mano en su vientre y unas lágrimas escaparon de sus ojos.

–No, por favor, no llores. No soporto ver lágrimas, aunque sean de alegría –dijo ella y se apoyó en su pecho–. Estoy deseando que nazca nuestro hijo y que tengamos más. Espero que la próxima vez, mi participación no sea tan escasa. De ahora en adelante, voy a compartirlo todo contigo. Y no sólo lo relativo al bebé. Quiero hacerlo todo contigo: operaciones, investigación,… Oh, parece como si pretendiera acosarte a cada paso.

–Hazlo, por favor, no dejes nunca de acosarme –dijo y sonrió–. Sé a lo que te refieres. Yo también quiero que participes en todo lo que hago. Nunca antes me había sentido tan estimulado y tan satisfecho con mi trabajo como cuando estás a mi lado. Me gusta compartirlo todo contigo sabiendo que me entiendes.

–Te lo debo todo. Gracias a la paciencia y perseverancia que has empleado conmigo, has conseguido que mi mano volviera a recuperar su precisión.

Rodrigo miró su mano. Era cierto. No había ningún rastro de debilidad ni de dolor en su preciosa mano que la impidiera llevar a cabo su trabajo como cirujana. Luego, se la llevó a la boca y la besó, agradecido por poder ser el instrumento de su felicidad y bienestar.

–Gracias a ti por existir, por permitir que sea tuyo para siempre.

–Al fin, tengo todo lo que quería: a ti, al bebé y a nuestro amor.

Venganza y seducción

JULES BENNETT

Brady Stone acababa de enterarse de que la nueva directora de la propiedad que deseaba era una mujer, y muy deseable. Seducir a Samantha Donovan para que le desvelara secretos corporativos sería mucho más dulce sabiendo que era la hija de su enemigo.

El magnate de los negocios llevaba mucho tiempo planeando su venganza. Por fin, lo único que se interponía entre Brady y la victoria era un peón bello e inocente. La cabeza le decía que rechazara cualquier posibilidad de un futuro con Samantha. Pero su corazón sabía que al destruir el imperio de los Donovan también perdería la última oportunidad de ser feliz.

¿Destrucción y conquista o seducción y conquista?

Acepte 2 de nuestras mejores novelas de amor GRATIS

¡Y reciba un regalo sorpresa!

Oferta especial de tiempo limitado

Rellene el cupón y envíelo a
Harlequin Reader Service®
3010 Walden Ave.
P.O. Box 1867
Buffalo, N.Y. 14240-1867

¡Si! Por favor, envíenme 2 novelas de amor de Harlequin (1 Bianca® y 1 Deseo®) gratis, más el regalo sorpresa. Luego remítanme 4 novelas nuevas todos los meses, las cuales recibiré mucho antes de que aparezcan en librerías, y factúrenme al bajo precio de $3,24 cada una, más $0,25 por envío e impuesto de ventas, si corresponde*. Este es el precio total, y es un ahorro de casi el 20% sobre el precio de portada. !Una oferta excelente! Entiendo que el hecho de aceptar estos libros y el regalo no me obliga en forma alguna a la compra de libros adicionales. Y también que puedo devolver cualquier envío y cancelar en cualquier momento. Aún si decido no comprar ningún otro libro de Harlequin, los 2 libros gratis y el regalo sorpresa son míos para siempre.

416 LBN DU7N

Nombre y apellido	(Por favor, letra de molde)	
Dirección	Apartamento No.	
Ciudad	Estado	Zona postal

Esta oferta se limita a un pedido por hogar y no está disponible para los subscriptores actuales de Deseo® y Bianca®.
*Los términos y precios quedan sujetos a cambios sin aviso previo.
Impuestos de ventas aplican en N.Y.

SPN-03

©2003 Harlequin Enterprises Limited

Bianca™

*¿Podría ser que deseara que el seductor príncipe
se la llevara a la cama?*

Comprometida contra su voluntad con el famoso príncipe Karim, la candorosa Eva cuenta con un plan para dejarle plantado. Lo convencerá de que es una mujer moderna y con experiencia en el terreno sexual, lo que la convertirá inmediatamente en una candidata poco adecuada para ser su esposa.

Sin embargo acaba casándose con él. Por si esto fuera poco, su esposo está produciendo en ella un efecto inesperado…

El jeque seductor

Kim Lawrence

Deseo™

Una mujer nueva

KATHERINE GARBERA

Para Lance Brody, miembro del prestigioso Club de Ganaderos de Texas, el matrimonio era sólo una cuestión de política. Pero su anodina y sencilla secretaria estaba a punto de hacerle cambiar de opinión…

Kate Thornton llevaba años soñando con convertirse en la señora de Lance Brody. Hasta que, un día, su jefe anunció que se iba a casar por conveniencia. Kate, harta de amarlo en silencio, presentó su dimisión. En ese momento, Lance se dio cuenta de que su secretaria era una hermosa mujer y no estuvo dispuesto a dejarla marchar, ni de la oficina ni de su vida…

No era capaz de ver lo que tenía más cerca…